RUN day BURST 6 Yuko OSADA

RUN day BURST
ラン・デイ・バースト
6

ド
BANG
ドドドドドドドドドドドドドドドド
VRRR
ドドドドドドドドドドドドドドドド
VRRR
BON SANG !
ILS SONT TENA-CES !

RUN day BURST
YUKO OSADA

#25 LAP
RIVAL
25

HA HA HA !
TSS ...
ON EST PRIS EN TENAILLES !
ON VA VOUS APLATIR COMME DES CRÊPES !
JE VAIS NOUS DÉGAGER AVEC LE SURCOMPRESSEUR !
POF !!
TRIGGER, ATTENDS !
ÇA VA ALLER ...
FAIS CONFIANCE À MA VOITURE !
BARREL
TA-TAUT !
VSH
VSH

CLIC
QUATRIÈME
PREMIÈRE !!
VROUM
CRI!!!
VSH

VRSH
CRII
?!
PAF
MAIN-
TENANT
!

VROUM
HA HA !
ON A RÉUSSI !
ズ
PLAF
ガ

HÉ HÉ HÉ HÉ !
ON FAIT DES ÉTINCELLES !
CETTE CAISSE QUI RÉAGIT AU QUART DE TOUR...
ON DIRAIT QU'ELLE A ÉTÉ CRÉÉE POUR MOI !
AU DÉBUT, COMME JE N'AVAIS PAS PRÉVU DE PARTICIPER À UNE COURSE, J'AVAIS COUPÉ QUATRE CYLINDRES SUR LES HUIT...
MAIS J'AI DÉBRIDÉ LE MOTEUR, PUISQUE TU ES CAPABLE DE T'EN SERVIR...
VU LA PUISSANCE DÉGAGÉE, J'AI RENFORCÉ LE LONGERON ET POUSSÉ LE TAUX DE ZELDA AU MAXIMUM POUR AMÉLIORER LA RÉACTIVITÉ SANS SACRIFIER L'ENDURANCE DU...
EUH... C'EST MOI OU JE PARLE DANS LE VENT ?
ELLES SONT JOLIES, CES MONTAGNES, HEIN ?
OUAIS...

JE DÉCONNE, TU ES VRAIMENT LE MEILLEUR !
BIEN JOUÉ, PARTENAIRE !
FSH
RdB
C'EST LE DIRIGEABLE QUI RETRANSMET LA RDB !
BARREL, ALLUME LA RADIO !
OK !
CLIC

OUH LÀ, ÇA A CHAUFFÉ, ON DIRAIT !
LES FRÈRES SAYOUD, SPÉCIALISTES DE L'ATTAQUE EN TENAILLES, ABANDONNENT LA COURSE SUR LA VOIE OUEST !
ET NOTRE PETIT TRACTEUR, AUTREFOIS LANTERNE ROUGE...
TIENT BON, MINE DE RIEN !
C'EST DE NOUS QU'IL PARLE !!
IL ROULE À FOND LA CAISSE SUR LA VOIE OUEST...
ET EST ACTUELLEMENT EN ...
OH, IMPRESSIONNANT ...
21E POSITION !

21E ?!
SÉRIEUX ?!
LE CLASSEMENT NE CESSE D'ÉVOLUER TANDIS QUE DE MYSTÉRIEUX ABANDONS SE SUCCÈDENT DANS LE PELOTON DE TÊTE...
OUAIS !
SUR LES 500 PARTICIPANTS DU DÉBUT, IL NE RESTE PLUS QUE 200 CONCURRENTS, GRAND MAXIMUM...
ET CEUX-CI DEVRONT BIENTÔT FAIRE FACE...
GLOU
GLOU
À L'ÉPREUVE INÉVITABLE DE TOUTE COURSE AUTOUR DU MONDE...
LA TRAVERSÉE DE L'OCÉAN !!
SPLASH

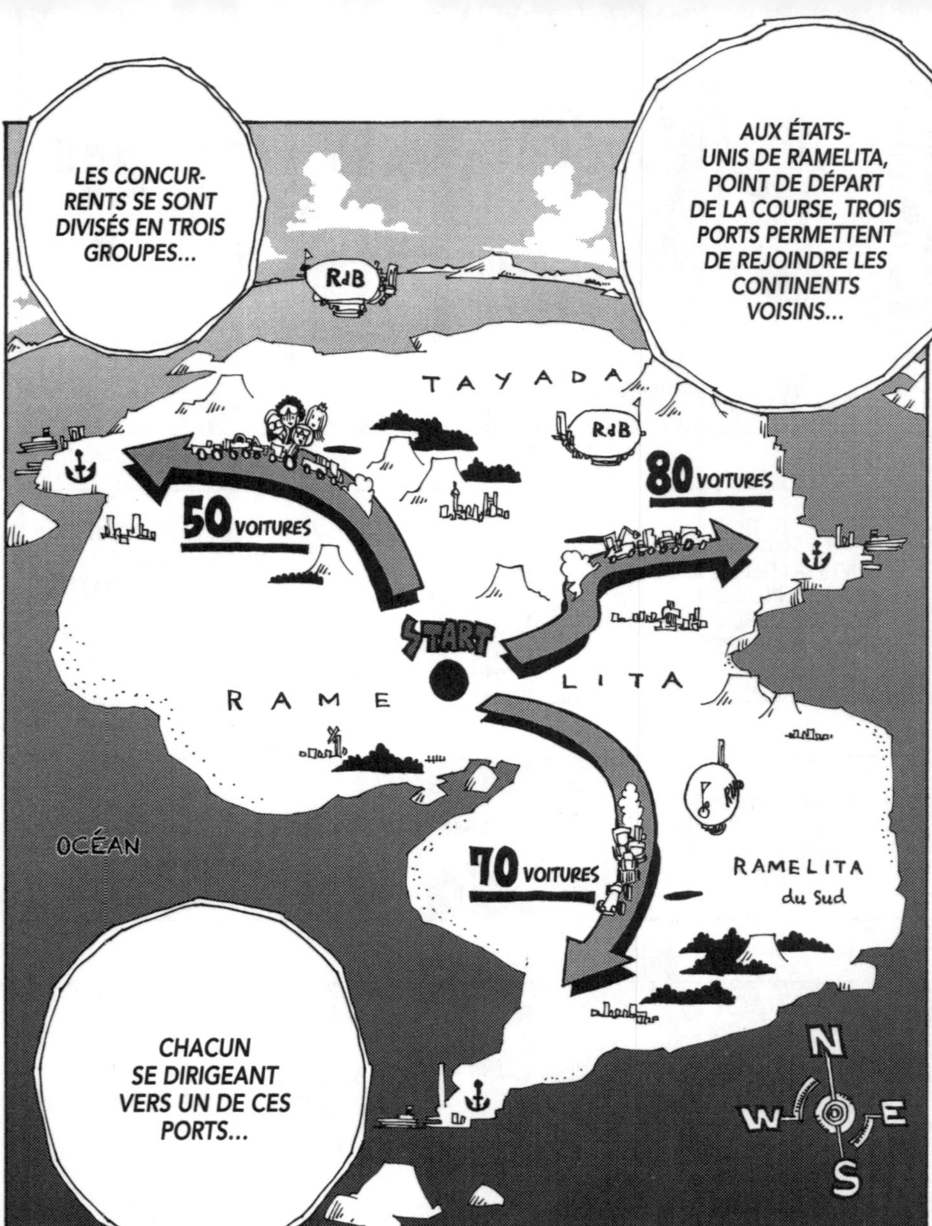
LES CONCURRENTS SE SONT DIVISÉS EN TROIS GROUPES...
AUX ÉTATS-UNIS DE RAMELITA, POINT DE DÉPART DE LA COURSE, TROIS PORTS PERMETTENT DE REJOINDRE LES CONTINENTS VOISINS...
RdB
TAYADA
RdB
80 VOITURES
50 VOITURES
START
RAMELITA
OCÉAN
70 VOITURES
RAMELITA du Sud
CHACUN SE DIRIGEANT VERS UN DE CES PORTS...
N
W
E
S

OÙ ILS POURRONT ...
EMBARQUER SUR UN DES NAVIRES AFFRÉTÉS POUR LA COMPÉTITION !
RdB

AH BON ?
VOUS ÊTES SI NULS QUE ÇA EN GÉO ?!

SAUF QUE CHAQUE BATEAU N'APPAREILLE QUE TOUTES LES SIX HEURES...
ET NE PEUT EMBARQUER QUE DIX VÉHICULES À LA FOIS !
PREMIERS ARRIVÉS, PREMIERS SERVIS !
ビシ
TAC
ズリ
C'EST ULTRA-CHAUD ! À LA PLACE DE CES PILOTES, JE N'AIMERAIS PAS MANQUER MON FERRY !
ÇA VA ÊTRE UNE SACRÉE BOUSCULADE ! UNE VRAIE FOIRE D'EMPOIGNE !
PLUS D'INFOS APRÈS LA PUB !
ぐるーん
EVIT
ぐるーん
EVIT
NE ZAPPEZ PAS !
DON'T MISS IT !

OK...
ON EST HORS ANTENNE !
MON PETIT RUN...
C'ÉTAIT NICKEL !
MERCI !
HAN
HAN
HAN
PAF
QU'EST-CE QUE C'ÉTAIT QUE CETTE GAMELLE EN SURF ?!
TU ES CENSÉ TENIR SUR TA PLANCHE, CRÉTIN !
ガラ
ガラ

PAF
JE NE SAIS PAS D'OÙ TU SORS ...
MAIS DES STAGIAIRES COMME TOI, ON EN TROUVE À LA PELLE !
JOUE COMME SI TA VIE EN DÉPENDAIT, MÊME SI C'EST UN RÔLE SECONDAIRE !
APRÈS LES PUBS, TU AS INTÉRÊT À...
HEIN ?
TU N'AURAIS PAS...
RÉTRÉCI, DES FOIS ?

DZZT
TU VEUX VRAIMENT CONTINUER LA COURSE...
CALICO ?
OUI...
CE N'EST PAS...
ENCORE TERMINÉ !
JE VOIS...
MAIS NE FORCE PAS TROP, HEIN !
QUELQUE CHOSE...
APPROCHE !

VRR
VRR
VRR
L'A..
L'ARMÉE IMPÉRIALE DE DICE ?!
DICE EMPIRE ARMY

YOUPI !! ♡
C'EST SUPER GRAND, ICI !
MÊME SI TRIGGER NOUS A DIT DE SORTIR DANS CINQ MINUTES...
JE COMPTE BIEN EN PROFITER AU MAXI-MUM !
OOH ...
IL Y A AUSSI UN BASSIN EXTÉ-RIEUR !
FRSH
FRSH
SPLASH
ELLE NE PERD PAS DE TEMPS, ELLE !

VSH
QUELLE CHANCE QU'ON SE SOIT ARRÊTÉS FAIRE LE PLEIN D'ESSENCE...
DANS UNE STATION THERMALE !
AAH...
C'EST LE PARADIS !
PSCHIT
PSCHIT
CE BAIN A VRAIMENT L'AIR...
DE TE RÉJOUIR !
DERNIÈREMENT, ENTRE TOI, CALICO ET LA MILITAIRE BARJO AUX COUTEAUX, JE PASSE COMPLÈTEMENT INAPERÇUE...
IL N'Y A QUE LÀ QUE JE SUIS SOUS LES FEUX DE LA RAMPE !
GRR...
EUH... SI ON CHANGEAIT DE SUJET ?!

CE NE SERAIT PAS POLI ...
D'ARRIVER DEVANT LE GRAND NUMBER ONEDERFUL COUVERTS DE CRASSE !
FRSH
AU FAIT, ET TOI...
QU'EST-CE QUE TU COMPTES FAIRE UNE FOIS À LOSDON ?
JE N'Y AI PAS...
ENCORE RÉFLÉCHI ...
JE PENSAIS VRAIMENT EN FINIR AU NISANGA ROCK, ALORS... MON AVENIR EST COMPLÈTEMENT FLOU !
FSH
FORCÉMENT...
MAIS ...
COMME J'AI TOUJOURS VOYAGÉ SEULE...
EN CE MOMENT, JE M'AMUSE DÉJÀ ÉNORMÉMENT ...
RIEN QU'EN RESTANT À VOS CÔTÉS !

ALORS COMMENCE DONC TA NOUVELLE VIE...
D'ACCORD !
EN GAGNANT CETTE COURSE POUR TA GRAND-MÈRE !
PAR CONTRE, DÉFENSE DE ME VOLER LA VEDETTE !
ぐわしっ
SPLASH
ばしゃ
PLOF
AAAH ! QU'EST-CE QU...

AAAH !
PLIC
FSH
PLOUF
PLOC
PURÉE ! MAIS C'EST BONDÉ DE CHEZ BONDÉ !!
HI HI !
VOILÀ CE QUE JE FAIS AUX POITRINES PLUS GROSSES QUE LA MIENNE !
HI HI !
PRENDS ÇA ! ET ÇA !
HIII !
DE L'AUTRE CÔTÉ, C'EST LE PARADIS ET ICI, LES FEUX DE L'ENFER...
ÇA FAIT QUAND MÊME PLAISIR DE POUVOIR PRENDRE UN VRAI BAIN...
POUR LA PREMIÈRE FOIS DEPUIS LE DÉBUT DE LA COURSE !
PEUH !
TU AS ENTENDU LA RADIO : LES BATEAUX, C'EST PREMIER ARRIVÉ, PREMIER SERVI !
CLING
ALORS ON SE LAVE ET ON RESSORT...
EN QUATRIÈME VITESSE !

TRIGGER ...
C'EST QUOI, CETTE CLÉ ?
ET CE BARRETT ...
C'EST QUI, AU JUSTE ?

C'EST L'APPART OÙ J'HABITE !
NUMÉRO 102, RÉSIDENCE BARRETT !
ガチャっと
ALORS TOI, ON NE SAIT JAMAIS QUAND TU ES SÉRIEUX...
AU FAIT...
CYLINDER, LOADER ET MOI...
ON A TOUS UNE BONNE RAI-SON D'ALLER À LOSDON...
MAIS TOI...
POURQUOI TU VEUX DEVE-NIR LE NUMÉRO UN ?
CE N'EST PAS QUE JE "VEUX"...
C'EST QUE JE VAIS LE DEVENIR !

ET CETTE CLÉ...
C'EST CELLE D'UNE VOITURE QUI N'A JAMAIS FINI PREMIÈRE !

HÉ
HÉ HÉ
...
"TU NE PEUX PAS MOURIR...
TANT QUE TU N'ES PAS LE NUMÉRO UN !"
VOILÀ CE QU'ELLE ME DIT !
JE SUIS TOUJOURS EN VIE...

CRR
ET JE LE RESTERAI JUSQU'À CE QUE JE DEVIENNE LE MEILLEUR !
...
TRIG-GER...
FRSH

ALLEZ !!
UN PETIT PLONGEON ET ON DÉCARRE !
VSH
PLOUF
PFOUAH !
...
HEIN ?
BLOP
BLOP
PFOUAAH !
SPLASH
KOF KOF
GH...

ÇA VA PAS, ESPÈCE DE MALADE ?! TRIPLE BUSE !
TU SAIS PAS LIRE OU QUOI ?!
No!
ばっ
VSH
T'AS PAS VU LE PANNEAU ?!
OUPS...
DÉSOLÉ !
'SCUSE !
...
PFF ...
ALLEZ, ON SORT !
パー
FSH
IL NE PERD PAS DE TEMPS, LUI !
VSH
ポロ
カ
ラ
TAC
MONSIEUR, VOUS AVEZ FAIT TOMBER VOTRE RAS...

PAF
OIR !
AÏ...
ÏÏE !
OUPS ...
REDÉ-SOLÉ !
JE M'EN ÉTAIS APERÇU AVANT TOI, QUE SON RASOIR ÉTAIT TOMBÉ ! FAIS PAS DES TRUCS QUI SERVENT À RIEN, BOUFFON !
FUIT

MONSIEUR, C'EST À VOUS !
OH...
MERCI !
...
C'EST QUOI, SON PROBLÈME ?
DUST
POF
ガ
つ
COFFE

ENCORE TOI ?!
TU N'AS QU'À PRENDRE UN LAIT NATURE OU AUX FRUITS !
CRR
PAS QUES-TION !
LE CAFÉ AU LAIT, C'EST SACRÉ !
FSH
AAAH...
GLOU
GLOU
GLOU
AAAH...
PFF...
TSS...
FUIT
MAIS TU ME GON-FLES !
VA PLUS LOIN !
VSH
ON EST TROP À L'ÉTROIT, ICI !
VSH
J'Y PEUX RIEN, MOI !
HÉ HÉ HÉ... VOUS M'AVEZ L'AIR COPAINS COMME CO-CHONS !
PAS DU TOUT !
LA CHALEUR VOUS FAIT DÉLIRER ?!

JE NE PEUX PAS ENCADRER CE TYPE !
JE NE PEUX PAS BLAIRER CE NABOT !
IL EST GROSSIER, IL N'ARRÊTE PAS DE RÂLER...
IL NE SAIT PAS SE TENIR...
ET IL REFUSE DE RECONNAÎTRE SES TORTS !
CLING
ET IL EST TÊTU COMME UNE MULE !
CLIC
IL ME TAPE SUR LES NERFS !
FRSH

TOI AUSSI ...
TOI AUSSI ...
TU PARTICIPES À LA RDB ?!

VSH
PAF
CRR
HORS DE QUESTION QUE JE PERDE CONTRE TOI, MON POTE !
POP
CRR
PAREIL POUR MOI !
TRIGGER !
VITE !
HA HA HA ! C'EST RARE DE TE VOIR AUSSI ENRAGÉ !
TU T'ES TROUVÉ UN RIVAL, ON DIRAIT !

BOSS !
LA BAGNOLE EST PRÊTE ?!
ON DÉCOLLE !
PLOF
TU ES À LA BOURRE, UZI !
BAM
HÉ HÉ ...
DÉSOLÉ ...
JE VAIS DÉMARRER LE MOTEUR !
CRII

VROUM

INGRAM ?!
...
VRRR

...
INGRAM ?!
JE T'AI PRIS DES BONBECS !
TU EN AS MIS DU TEMPS !
FILE-M'EN UN AU MELON !
VRRR
#26 RULE
...
TRIG-GER ?! MAIS QU'EST-CE QU...
SLURP
QUOI ?

ÇA FAISAIT
LONGTEMPS
...
...
HMM...

VSH
PLOF
TCHAC
MAIS OUI, J'AI DÉJÀ ÉTRANGLÉ CE COU !
C'EST LE PETIT TRIGGER !
CRR
CRAC
CRAC
QU... QUOI DE NEUF ?
TU AS TOUJOURS TON REGARD DE TUEUR ET TES CHEVEUX EN PÉTARD !
HA HA HA HA !
FRSH
FRSH
FRSH
FRSH
TU AS L'AIR EN PLEINE FORME ...
JE RÊVE ?
QUI C'EST, CE TYPE ?!

ÇA REMONTE À LOIN, DIS DONC !
LA MOTOR CUP 3000... C'ÉTAIT IL Y A COMBIEN D'ANNÉES ?
VRRR
TU ÉTAIS HAUT COMME TROIS POMMES, À L'ÉPOQUE !
TU EXAGÈRES !
HUIT ANS DÉJÀ...
C'ÉTAIT BARRETT QUI T'INCULQUAIT LE B.A.-BA DE LA COURSE, HEIN ?
OUI...
BARRETT !
ALORS ILS PILOTAIENT TOUS LES TROIS AU MÊME ENDROIT...
TU MARCHAIS ENCORE À QUATRE PATTES !
EUH... JE N'ÉTAIS PAS JEUNE À CE POINT !
GRR
LE PREMIER MOT QUE TU M'AS SORTI, C'ÉTAIT "BÊÊ" !
TU ME PRENDS POUR UN MOUTON OU QUOI ?!
HA HA HA !
C'EST LE GENRE DE CONVERSATION QUI ME RAPPELLE DES SOUVENIRS !
GRR...

J'IMAGINE...
QUE TU PARTICIPES À LA RDB !
ÉVIDEMMENT !
GLOIRE ET FORTUNE, D'UNE PIERRE DEUX COUPS !
PAS MOYEN QUE JE LAISSE ÉCHAPPER UNE OCCASE AUSSI JUTEUSE !
JE NE M'ATTENDAIS PAS À TOMBER SUR TOI ICI...
J'ÉTAIS PERSUADÉ QUE TU ÉTAIS DANS LE PELOTON DE TÊTE !
LA COURSE, C'EST COMME UNE PARTIE DE CHASSE ...
LES TÊTES DE FILE FUIENT, ET MOI, JE LES POURSUIS !

C'EST VRAI...
TU AS TOUJOURS AGI DE CETTE MANIÈRE...
C'EST LE MEILLEUR JEU DU MONDE !
HA HA HA HA !
EH !
IL EST BIEN FAMILIER AVEC LE BOSS, TON COÉQUIPIER !
QU'EST-CE QUE ÇA VEUT DIRE ?
JE N'EN SAIS PAS PLUS QUE TOI !
UN JEU ...
HEIN ?
DANS CE CAS ...

AUJOURD'HUI, C'EST GAME OVER POUR TOI !
...
CROC
QUOI ?

JE T'AI LONGTEMPS CHERCHÉ...
APRÈS TON DÉPART DE LA MOTOR CUP 3000...
J'AI SUIVI TA TRACE DANS LES COURSES SOUTERRAINES DU GRAND PRIX DE BULLET 1 !
MAINTENANT QUE JE T'AI ENFIN RE-TROUVÉ...
SI JE LAISSE PASSER CETTE CHANCE...
J'AURAI TROP HONTE VIS-À-VIS DE BARRETT !
CRR

POF
BARRETT ?
AH...
C'ÉTAIT UN PILOTE À LA MANQUE DOUBLÉ D'UN MÉCANO CINGLÉ, NON ?
MOI, J'IRAIS CRACHER SUR SA TOMBE !
C'EST VRAI QUE ...
CE N'EST PAS L'ENVIE QUI M'EN MANQUE...
C'ÉTAIT UN PARTENAIRE POURRI...
MAIS...
PAF
SI JE N'EN FINIS PAS AVEC TOI UNE BONNE FOIS POUR TOUTES...

TU PORTES ...
LE BLOUSON DE BARRETT ...
LE TEMPS AURA BEAU PASSER...
JE NE FERAI JAMAIS MON DEUIL !

QU'EST-CE QUE TU DIRAIS D'UN PETIT DUEL...
EN SOUVENIR DU BON VIEUX TEMPS ?
CROC

PAF
GH...
PLOF
!!
ばっ
ぐ
VSH

TU PARLES COMME UN GRAND, MAINTENANT...
TRIGGER LE PLEURNICHEUR !!
SI ON RÉGLAIT ÇA EN VRAIS PILOTES ...
AVEC UNE PETITE COURSE ?
VAS-Y, DÉVELOPPE ...

ON EST EN 20 ET 21E POSITION SUR LA VOIE OUEST...
COMME CHAQUE BATEAU NE PEUT EMBARQUER QUE DIX VOITURES...
LE 20E POURRA MONTER À BORD DU DEUXIÈME NAVIRE, MAIS PAS LE 21E ! DONC...
JE TE PROPOSE UN AFFRONTEMENT SANS MERCI JUSQU'AU PORT...
AUCUNE RÈGLE, ITINÉRAIRE LIBRE...
LE VAINQUEUR EMBARQUE...

ET LE PERDANT SE RETIRE DE LA RDB ! QU'EST-CE QUE TU EN DIS ?

TCHAC
ATTENTION À LA MARCHE, MON COLONEL !
OUAIS ...
LA CHANCE EST AVEC NOUS...
TOMBER SUR LE CRÉATEUR D'ATLAS EN PERSONNE, VOILÀ QUI EST INESPÉRÉ !
TAP
TAP
ENFIN, JE DOUTE QU'IL SOIT RAVI DE NOUS REVOIR ...
MAIS J'AI UNE PETITE QUESTION À LUI POSER !
VLAN

QUOI DE NEUF ...
DOCTEUR REMINGTON ?
QU'EST-CE QUE VOUS ME VOULEZ ?
GRR...

OH, QUELLE SURPRISE !
VOTRE FILLE A L'AIR EN PLEINE FORME !
SILENCE !
SORTEZ D'ICI !
JE N'AI PLUS RIEN À VOIR AVEC VOUS !
JE VEUX JUSTE SAVOIR UNE CHOSE...

C'EST VOUS QUI BROUILLEZ NOS COMMUNI-CATIONS ?
...
COMMENT ?
TON MAUDIT DISPOSITIF NOUS EMPÊCHE DE DÉPLOYER NOTRE CANON ORBITAL SUR LOSDON, SALE POURCEAU !
CESSE TOUT DE SUITE D'ÉMETTRE DES ONDES PARASITES !
GROAR
ET VOILÀ LE TRAVAIL !

TU PARLES TROP !
TCHIC
AÏE !
PLOF
NAVRÉ, MON CO-LONEL !
VOUS COMPTEZ...
OUVRIR LE FEU SUR LOSDON ?!
...
NON...
CE N'EST PAS LUI !
ON MET LES VOILES !

AU FAIT ...
IL Y AVAIT BIEN UN AUTRE INGÉNIEUR...
IL S'APPELAIT COMMENT, DÉJÀ ?
AH OUI, VOLVER F. WRENCH !

CO-LONEL, QU'EST-CE QU'ON FAIT ?
HMM ?
TAP
TAP
TAP
PAN !
TRIGGER ...
EST EN DANGER !
VOUS ÊTES SÛR QUE C'ÉTAIT VRAIMENT NÉ-CESSAIRE ?!

BANG
BOUM
OUI...
IL NE NOUS ÉTAIT PLUS D'AUCUNE UTILITÉ...
ET PUIS...
J'AI TROUVÉ NOTRE PROCHAINE DESTINATION !

TU VEUX VRAIMENT TE MESURER À MOI ?
OUAIS !
BARREL ...
VA CHERCHER LES FILLES ET REVENEZ AVEC LA CAISSE !
...
MAIS ...
VAS-Y !

PTEUH !
UZI... PARFUM COLA !
V... VOILÀ ...
SWRP
DU TEMPS DE LA MOTOR CUP 3000...
J'AI AFFRONTÉ BARRETT 28 FOIS...
ET TOI SEPT, SI JE NE ME GOURE PAS !
!
ALORS CETTE TRONCHE DE HÉRISSON...
C'ÉTAIT TON RIVAL, BOSS ?!
QUI TU TRAITES DE HÉRISSON ?!
FERME-LA ET OCCUPE-TOI DE TES FESSES !
PAF
PLAF
AÏE !

PFF...
MON RIVAL, LUI ? NE ME FAIS PAS RIRE !
J'AI GAGNÉ 35 À ZÉRO !
AH !
J'EN ÉTAIS SÛR !
ON VA VOUS FUMER !!

CROIS-MOI...
JE NE PERDRAI PAS !
VRRR

ON VA
T'ÉCRASER !
ギ
CRIIII
ギイッ

BONG
DIS DONC, TOI !
QU'EST-CE QUI TE PREND DE NOUS EMBARQUER DANS UN DÉFI PAREIL ?!
FUIT
LE PERDANT ABANDONNE LA COURSE ?! TU TE FICHES DE NOUS ?!
OOH... JE VOIS QUE TU ES BIEN ENTOURÉ !
PLOF
JE SUIS JALOUX !
UNE SUCETTE ?
FSH
EUH... SANS FAÇON ...

HEIN ?
HA HA HA HA !
UN MOTEUR EN ÉTOILE SUR UN TRACTEUR ?! J'HALLUCINE !
ET VOUS ÊTES ARRIVÉS JUSQU'ICI DANS CE TRUC ?!
HA HA HA...
HA...
...
SLURP
HMM... INTÉRES-SANT !
OK...
JE MARCHE !
PAR CONTRE ...
ON VA AJOUTER UN AUTRE ENJEU...
TCHAC
HISTOIRE QUE ÇA ME RAPPORTE QUELQUE CHOSE...

SI JE GAGNE...
TU ME FILES...
TON MÉCANO !
VLAN

TU NE PRÉFÉRERAIS PAS CES DEUX-LÀ ?
FSH
ス
EH !
SYMPA, ÇA FAIT PLAISIR !
NON MERCI... J'AIME LES FEMMES MÛRES, MOI !
MAIS ENFIN, BOSS !!
C'EST MOI...
TON MÉCANICIEN !
PAF
BOUCLE-LA...
JE NÉGOCIE !
...

REFUSE, BARREL !
C'EST VRAI, TU N'ES PAS UN TROPHÉE !
TU AS PERDU LA TÊTE, ABRUTI ?!
MONSIEUR TRIGGER !!
ALORS SI TRIGGER VOULAIT DEVENIR LE NUMÉRO UN...
C'ÉTAIT POUR VENGER LA MORT DE BARRETT...
D'ACCORD !

J'ACCEPTE !
DE TOUTE FAÇON, ON DE-VRA BATTRE CES DEUX-LÀ SI ON VEUT FINIR PRE-MIERS !
ON EST OBLIGÉS DE GAGNER...

PAS VRAI...
TRIGGER ?
TOUT JUSTE !

VROUM
VRRR
VROUM
À PEINE ARRIVÉS AU PORT, VOUS ALLEZ RENTRER AU BERCAIL DIRECT !
PRÉPAREZ VOS BAGAGES !
C'EST CE QU'ON VA VOIR !

VRRR
FSH
ば
CRAC

CRIII
VROUM

!
VSH
VRRR

VIRRR
JE TE L'AI DIT ...
LA COURSE, C'EST COMME UNE PARTIE DE CHASSE...
SLURP
ET LE LOUP, C'EST MOI !

QUE LA TRAQUE...
COMMENCE !
CLIC
CRR
CRIII
VROUUM

#27 BULLET 1

N.B. : "BARRETT" ET "BULLET" SE PRONONCENT DE LA MÊME FAÇON EN JAPONAIS, NDT.

VRRR
VRRR
OOOH !
DEUX VÉHICULES VIENNENT DE S'ÉLANCER...
DE LA STATION THERMALE DE HEREWEGO !
ILS SE DISPUTENT LA 20E PLACE SUR LA VOIE OUEST...
FERAIENT-ILS LA COURSE JUSQU'AU PORT ?!
L'UN D'EUX ...
EST LE TRACTEUR QUI A EFFECTUÉ UNE REMONTÉE FULGURANTE !
ÇA PROMET ! ET SI ON LES SUIVAIT UN MOMENT ?!
ET L'AUTRE ...
EUH ...
FRSH
SI J'EN CROIS MES FICHES...

WAOUH, TENEZ-VOUS BIEN !
C'EST LE FAMEUX SUPPRESSOR M. INGRAM !
UN ANCIEN PILOTE DE MC 3000…
QUI A EXPLOSÉ TOUS LES RECORDS EN FINISSANT PREMIER À CHAQUE COURSE PENDANT TROIS ANS !
APRÈS S'ÊTRE RETIRÉ DU CIRCUIT, IL A PARTICIPÉ À DES COURSES SOUTERRAINES DU GPB1…
ATTENDANT SON HEURE POUR PRENDRE PART À LA RDB !!
NOTRE PETIT TRACTEUR S'ATTAQUE À UN GROS MORCEAU, ON DIRAIT !
C'EST VRAIMENT LE JOUR ET LA NUIT ! UN PUR-SANG CONTRE UN CHEVAL DE TRAIT !
EST-CE QUE L'ENGIN AGRICOLE A VRAIMENT UNE CHANCE DE L'EMPORTER ?!
IL VA…
LA BOUCLER, OUI ?!

QUAND MÊME, PREMIER TROIS ANS DE SUITE...
BALÈZE !
ÇA N'A RIEN D'EXTRAORDINAIRE...
LA MC 3000, C'EST UNE COURSE À DESTINATION DU GRAND PUBLIC OÙ L'ACCENT EST MIS SUR LE SPECTACLE...
INGRAM...
UN FOU DU VOLANT BRUTAL AVEC UNE BELLE GUEULE...
RÉPONDAIT PARFAITEMENT AUX ATTENTES DES SPECTATEURS !
RIEN DE PLUS !

VRRR
VSH
ET ZOU !
INGRAM REPREND LA TÊTE SANS SE FOULER !
OUPS, DÉSOLÉ !
LE LOUP DOIT RESTER DERRIÈRE SA PROIE !

HA HA HA HA !
CRIII
IL PART EN TOUPIE !
EST-CE QUE LE TRACTEUR S'EST IMPOSÉ ?!
CRII
INGRAM A RÉUSSI À SE RÉTABLIR !
VSH
EH, VAS-Y MOLLO !
JE NE CAUTIONNE PAS LA VIOLENCE !

JE N'AI RIEN FAIT DU TOUT !
IL A TOURNÉ TOUT SEUL !
HÉ HÉ ! ♡
CET ENFOIRÉ S'AMUSE !
BOSS ...
QU'EST-CE QUI TE PREND ?!
SI TU CONDUIS COMME UN BOURRIN, LE CHÂSSIS NE VA JAMAIS TEN...
PAF
GH...
ARRÊTE DE ME GONFLER, MICROBE !
TU SAIS DEPUIS QUAND J'ATTENDAIS ÇA ?!
CROC
CROC

J'AVAIS BEAU MANGER LES MEILLEURS PLATS, SORTIR AVEC LES PLUS BELLES NANAS...
APRÈS LA MC 3000...
RIEN NE PARVENAIT À ÉGALER L'EXALTATION QUE JE RESSENTAIS À L'ÉPOQUE SUR LE CIRCUIT...
RIEN NE VENAIT ME SORTIR DE MA ROUTINE, JE M'ENNUYAIS À MOURIR !
NIARK
MAIS LÀ...
JE VIENS DE RETROUVER LA NIAQUE !

DIRE QUE JE VAIS AFFRONTER LE MEILLEUR POULAIN DE BARRETT...
ET LE MÉCANO QUI L'A MENÉ JUSQU'ICI...
MAGNI-FIQUE ...
J'EN AI DES FRISSONS !
SI ON GAGNE ...
ON VA VRAIMENT RÉCUPÉRER CE GAMIN ?!
MOI...
DEPUIS QUE TU M'AS RECUEILLI, JE T'AI CONSTRUIT UN BOLIDE COMME TU LE VOULAIS, J'OBÉIS À TOUS TES ORDRES...
ÇA NE SUFFIT PAS !

SI TU VEUX RESTER À MES CÔTÉS...
CONTINUE DE ME SURPRENDRE !
TCHAC
PARFUM FRAISE !
PTEUH!
EUH ...
TIENS !
HÉ HÉ HÉ...
ENFIN !
SLURP
HA HA HA HA HA !
BRR
FSH
CRR
ALLEZ, TRIGGER... MONTRE-MOI CE QUE TU AS DANS LE VENTRE !

DIVERTIS-MOI COMME AUTREFOIS !!
VROUM

YAAAAAH !
BING
BING
VRRR
!
C'EST BIEN BARRETT QUI T'A APPRIS À PILOTER, JON ?!
T'AS INTÉRÊT À TE DONNER À FOND !
CE TYPE...
ÉTAIT MON MEILLEUR COMPAGNON DE JEU !

ET POURTANT ...
IL N'AURA JAMAIS RÉUSSI À ME DOUBLER UNE SEULE FOIS !

C'EST VRAI QUE BARRETT ...
EST RESTÉ UN MINABLE JUSQU'AU BOUT...
MAIS MOI, JE SUIS DIF-FÉRENT...
JE NE DEVIENDRAI PAS COMME LUI !
JE NE SERAI PAS...
TON JOUET !

LES FILLES ...
BAISSEZ LA TÊTE ET ACCROCHEZ-VOUS !
BARREL ...
FSH
TIENS BIEN HUMMER !
ON VA PASSER ...
AUX CHOSES SÉRIEUSES !
TCHAC
WOOSH

VROUM

PFF ...
PING
KOF KOF
ENFOIRÉ ...
TCHIC
...
TCHAC
MAIS...
PLOF
VROOOM
C'EST EXACTE-MENT...
CE QUE J'ATTEN-DAIS, MON PETIT TRIGGER !

BARRETT...
POUR MOI, TU ES ENCORE...
QUELQU'UN QUI A VÉCU COMME UN MORT...
ドドドドドドドドドドドドドドドドドドドド
VRRR
ALORS AUJOURD'HUI, JE VAIS BATTRE CE TYPE...
ET FAIRE DE TOI UN HOMME MORT APRÈS AVOIR VÉCU !
JE TE DOIS BIEN ÇA !

VRR
OK...
SORTEZ LE MATOS !
VROOOM
CLEAN CLEAN
TCHAC
VOILÀ !
IL Y AURA SÛREMENT DU MONDE DEMAIN...
ALORS TÂCHEZ DE FINIR CETTE NU...
HEIN ?
ARRÊTE UN PEU DE RÊVASSER !
PAF
!

NON SEULEMENT J'AI BIEN VOULU EMBAUCHER UN ORPHELIN COMME TOI...
MAIS JE TE LAISSE DORMIR À L'AGENCE !
TU DOIS TRAVAILLER TROIS FOIS PLUS QUE LA NORMALE POUR QU'ON SOIT QUITTES !
TU PIGES ...
AVORTON ?!
TAC
FRSH
FRSH
FRSH
PFF ...
SALE MORVEUX !
BOSSE SÉRIEUSE-MENT !
TAP
TAP
TAP
VSH
...

OUAH… C'EST GIGANTESQUE !
C'EST ÇA, UN CIRCUIT DE MC 3000 ?!
TU AS VU LA COURSE DE LA SEMAINE DERNIÈRE ?!
AH OUI !
MON PÈRE ET MOI, ON ÉTAIT RIVÉS DEVANT LA TÉLÉ !
MOI, JE L'AI REGARDÉE CHEZ UN POTE ! C'ÉTAIT DE LA FOLIE !

EH, C'EST PAS LE MOMENT DE DISCUTAILLER ! FILE À TON POSTE !
ばしっ
PLOF
PERSONNE D'AUTRE QUE MOI NE VOUDRA DE TOI !
FOURRE-TOI BIEN ÇA DANS LE CRÂNE !
BOSSE COMME SI TA VIE EN DÉPENDAIT !
BEUH !
FRSH
FRSH
FRSH

BOBOM
トクン
BOBOM
BOBOM

DIS DONC, PETIT SA-CRIPANT !
HA HA HA !
GLOUPS
JE PLAISANTE !
CHOUETTE CAISSE, HEIN ? TU PEUX LA TOUCHER, SI TU VEUX !

...
NE PRENDS PAS CET AIR MÉFIANT !
スッ
FSH
PFF...
PFF...
CLAC
JE BOSSE DANS LES SPORTS MÉCANIQUES...
COMME QUI DIRAIT.
TU AIMES ...
LES COURSES AUTOMOBILES ?
...
ALORS ...
TU AIMES LES VOITURES ?
...
C'EST RARE, POUR UN GARÇON DE TON ÂGE !
TU N'AS JAMAIS EMPRUNTÉ LA BAGNOLE DE TES PARENTS EN CACHETTE ?

TU N'AS ...
PAS DE PARENTS, C'EST ÇA ?
DES AMIS ?
DES LOISIRS ?
C'EST QUOI, TES RÊVES ?
PLOF
PFF...
PFF...
FUIT
...
DIS-MOI...

ÇA TE PLAÎT, DE VIVRE ?
TU AVAIS ENVIE DE LA TOUCHER, NON ?

BRR
BRR
VROOOM
VRRR
ALLEZ, MONTE !

JE NE SAIS PAS QUELLE VIE TU AS MENÉE JUSQU'À MAINTENANT, NI CE QUE TU VAS DEVENIR...
PEUT-ÊTRE QUE QUELQUE CHOSE VA CHANGER POUR TOI, OU PEUT-ÊTRE PAS...
MAIS RIEN NE T'OBLIGE À SUBIR QUOI QUE CE SOIT !
VRRR
TU ES MAÎTRE DE TON DESTIN !

DÉCIDE PAR TOI-MÊME : VIVRE COMME UN MORT OU MOURIR APRÈS AVOIR VÉCU ?

TRIGGER !!
QU'EST-CE QUE TU FICHES ?!
TU ES QUI, TOI ?!
J'APPELLE LES FLICS !
ALORS ...
TU CHOISIS QUOI ?

VLAN
CRIII

TRIG-
GER !
T'ES
VIRÉ !

WOOOOOSH

LA VIE, C'EST UNE SUITE DE TÂCHES PÉNIBLES !
MAIS SI TU ARRIVES À VIVRE PLEINEMENT...
NE SERAIT-CE QU'UN INSTANT...
TU VERRAS ...
QUE ÇA VAUT LE COUP !
VRRRR
CRR

WOOOSH
VRRRR
VRRRR
LÀ, MAINTENANT ...
SNIF...
SNIF...
TU ES VRAIMENT EN VIE !

YAAAAAAAH !
VOILÀ –
COMME ÇA !

UNE VOITURE ...
WOOOH !
ÇA SERT À ALLER DE L'AVANT !

RUN day BURST
ラン・デイ・バースト

JUNKS
ドドドド
ドギャギャギャギャ
CRIIII
BARRETT ! MON TEMPS ?!
2 MINUTES 58 SE-CONDES !
TU ES ENFIN PASSÉ SOUS LA BARRE DES TROIS MINUTES !
C'EST VRAI ?!
VSH ばっ
SUPER !

C'EST VRAIMENT LE MÊME GOSSE QU'IL Y A DEUX SEMAINES ?
PFIOU, JE SUIS CREVÉ !
PLOF
MAIS C'ÉTAIT GÉNIAL !
CELUI QUI ÉTAIT MUET, GROGNON ET SANS ÉNERGIE ?
C'EST COMME ÇA TOUS LES JOURS DEPUIS QUE TU LUI AS CONSTRUIT CE KART !
ON DIRAIT UN POISSON DANS L'EAU !
...
TRIG-GER...
QUOI ?
AVANT, J'ÉTAIS PILOTE DE MC 3000 ...
MALHEUREUSE-MENT, JE ME SUIS CASSÉ UNE JAMBE DANS UN GRAVE AC-CIDENT L'ANNÉE DERNIÈRE ET J'AI DÛ ABANDONNER LA COURSE...
ALORS JE ME SUIS RECONVERTI EN MÉCANO.
OIL

TU POS-SÈDES ...
UN VRAI TALENT !
JE VAIS TE PRENDRE EN CHARGE...
POUR L'INSTANT, TU PEUX RESTER CRÉCHER ICI, À LA FERRAILLERIE DE JUNKS !
JE FERAI DE TOI UN AS DU PILOTAGE !
ÇA TE DIRAIT...
DE PARTICIPER À LA MOTOR CUP 3000 AVEC MOI ?

#28 BULLET 2
PURSUIT
DEMON

OOOOOOH !!
VROOOM
OOOH !
VSH
GÉNIAL !
UNE COURSE EN VRAI !!
CRR
CRR
PAS LE TEMPS DE S'AMUSER !
LA SAISON COMMENCE DANS SIX MOIS...
ET TU VAS Y PARTICIPER !
VIENS ICI TOUS LES JOURS !
APPRENDS LE PARCOURS, RETIENS CHAQUE TRAJECTOIRE PAR CŒUR !
OBSERVE LEURS TECH-NIQUES ET APPROPRIE-LES-TOI !
– D'AC-CORD –
PASS

PAF
TU N'APPUIES PAS ASSEZ SUR L'ACCÉLÉRATEUR !
ENCORE UN TOUR !
COMBIEN DE FOIS IL VA FALLOIR QUE JE TE LE RÉPÈTE ?!
LIS LA TRAJECTOIRE !
LA TRAJECTOIRE !!
TAC
TU AS TOURNÉ LE VOLANT UNE DEMI-SECONDE TROP TÔT !
VRRRRR
PASSE LA TROISIÈME !
MAINTENANT !!
FONCE !

MONSIEUR JUNKS...
DEPUIS QUE JE DOIS PARTICIPER À LA COURSE...
BARRETT ...
BRR
EST DEVENU VACHEMENT EFFRAYANT ...
AH...
ÉVIDEMMENT !
IL NE FORME PAS SEULEMENT UN PILOTE CAPABLE DE FRANCHIR LA LIGNE D'ARRIVÉE...
IL EN FAUT PLUS QUE ÇA POUR RIVALISER AVEC L'AUTRE !
L'AUTRE ?
HÉ HÉ HÉ...
DZZ
DZZ
TU COMPRENDRAS BIENTÔT !
PAF
NON !

TU DOIS PRENDRE CE VIRAGE SANS FREI-NER !
DÉFENSE D'AVOIR PEUR !
UNE COURSE, C'EST UN COMBAT À MORT ! UN SEUL INSTANT D'HÉSITA-TION PEUT PROVO-QUER UN ACCIDENT GRAVE !
FONCE COMME SI TA VIE EN DÉPEN-DAIT, OU TU N'AVANCERAS PAS !
POF
SI TU N'AS PAS LA DÉTERMINA-TION QU'IL FAUT, TU PEUX ABANDONNER DIRECT !
J...
J'A...
HEIN ?

J'ARRÊTE !
は
VSH
っ
TU VOIS...
JE N'AI NI LE CRAN NI LE TALENT, JE NE SUIS QU'UN MINABLE !
DÉSOLÉ...
DE NE PAS RÉPONDRE À TES ATTENTES !
"MOURIR APRÈS AVOIR VÉCU", PFF...
MOI, JE NE SAIS QUE VIVRE COMME UN MORT !
っ
ダ
TAP

MERCI D'ÊTRE VENUS ASSISTER À CETTE COURSE !
VEILLEZ À NE RIEN OUBLIER EN PARTANT !
さ
ば
FSH
QUAND MÊME, CES DERNIERS TEMPS...
LA MC 3000 MANQUE UN PEU DE SEL...
ガラガラガラ
CRR
OUAIS ...
LA MEILLEURE PÉRIODE, C'ÉTAIT QUAND BARRETT ÉTAIT LÀ...
C'EST VRAI ! QUELLE AMBIANCE DU FEU DE DIEU, L'AUTRE SAISON !
SI SEULEMENT IL N'Y AVAIT PAS EU CET ACCIDENT...
ON N'EN REVERRA PAS DE SITÔT, DES COMME LUI...
QUEL DOMMAGE !
BAH, LE PLUS DÉÇU, DANS CETTE HISTOIRE...
C'EST SÛREMENT INGRAM...

CUP
C'ÉTAIT L'EMPEREUR DE LA MC 3000, LE GRAND MÉCHANT LOUP...
À QUI BARRETT DISPUTAIT TOUJOURS LA PREMIÈRE PLACE...
SEASON 7
INGRAM ...
L'EMPEREUR ?
MAIS AU BOUT DU COMPTE...
BARRETT NE L'AURA PAS BATTU UNE SEULE FOIS !

IL DOIT AVOIR UN PEU LES NERFS...
JE ME DEMANDE CE QU'IL DEVIENT !
TAP
TAP
POUSSE-TOI.
TU GÊNES !
TAP
AH !
!
INGRAM ?!

TSS... TSS... TU NE SAIS PAS QU'ON M'APPELLE L'EMPEREUR ?
ON NE T'A JAMAIS APPRIS LA POLITESSE ?
PLOF
D... DÉSOLÉ...
CRAC
HEIN ?
C'EST TOI...
GLOUPS
L'APPRENTI DE BARRETT ?
HA HA HA HA !
MAGNIFIQUE !!
FRSH
FRSH
DÉPÊCHE-TOI DE PROGRESSER !
PERSONNE NE SAVAIT ME DIVERTIR COMME TON COACH !
DEPUIS QU'IL S'EST RETIRÉ...
LA MC 3000 EST DEVENUE CHIANTE COMME LA PLUIE !

ÉTUDIE BIEN !
PURSUIT
APPRENDS À TE CRASHER EN BEAUTÉ ...
QUE JE M'AMUSE !
ME CRASHER ?
QUOI ?
TU N'ÉTAIS PAS AU COURANT ?
SUR LES 28 COURSES OÙ ON S'EST AFFRONTÉS ...
BARRETT S'EST PLANTÉ 15 FOIS ! SUR LES DERNIÈRES, C'ÉTAIT SYSTÉMATIQUE...
À CHAQUE FOIS, ALORS QU'ON ÉTAIT EX ÆQUO À DEUX DOIGTS DE L'ARRIVÉE ...
IL PERDAIT D'UN CHEVEU ET PARTAIT DANS LE DÉCOR !

ON L'AVAIT SURNOMMÉ "LE CRASHEUR"...
MARRANT, NON ?
HA HA HA HA !
C'EST POUR ÇA...
QUE BARRETT...
ÉTAIT SI SÉVÈRE...
AVEC MOI !

JE PEUX...
FAIRE QUELQUE CHOSE POUR LUI...
FRSH
CROIS-MOI...
JE NE PERDRAI PAS !
BARRETT ET MOI, ON VA T'ÉCRASER !

TRIG-GER...
NE RE-VIENDRA PAS...
AVOIR L'EMPEREUR INGRAM POUR ADVERSAIRE ...
コポ BLOV コポ BLOV コポ BLOV
ÇA A DE QUOI INTIMIDER N'IMPORTE QUI !
AUCUN DE NOUS DEUX...
N'A ENCORE ABANDONNÉ !
HEIN ?
RIEN N'EST TERMINÉ...
ET RIEN N'A ENCORE COMMENCÉ...

PAS VRAI...
TRIGGER ?
COMMENT ...
EST-CE QUE JE PEUX BATTRE CE TYPE ?
ROULE ...
JUSQU'À CREUSER LE BITUME !
OK !

J'Y ARRIVERAI !
VSH
BARRETT A FAIT DE MON RÊVE UNE RÉALITÉ...
ALORS JE RÉALISERAI LE SIEN !

AAAAH !
UNE NOUVELLE SAISON COMMENCE...
TOUT LE MONDE A HÂTE D'ASSISTER AUX DÉBUTS...
OOOOH !
DU PLUS JEUNE PILOTE DE L'HISTOIRE DE CETTE COMPÉTITION...
LE DISCIPLE DU FAMEUX BARRETT M. BOOSTER ...
TRIGGER F. THROTTLE !!
...
GÉNIAL ...

POUR LA MOTOR CUP 3000 !!
D'AUTANT PLUS...
QU'IL FERA FACE À L'ENNEMI JURÉ DE SON ENTRAÎNEUR, INGRAM !!
FLASH
!
AAH !
DU CRAN !
FRSH
C'EST EN VIVANT CHAQUE INSTANT À FOND QUE TU EN ES ARRIVÉ LÀ !
RELÈVE LA TÊTE !
PLOF

JE TE CONFIE ...
MON RÊVE !
TAC
TOUS LES BOLIDES ...
SONT SUR LA GRILLE DE DÉPART !
VRRRRRR

LA PREMIÈRE COURSE DU JEUNE PILOTE…
QUI POURSUIT LE COMBAT DU LÉGENDAIRE CHALLENGER DE L'EMPEREUR…
COMMENCE MAINTENANT !
LICKER
WRECKER
YAAAAAAH !
VRR

C'EST PARTI !
VRR
L'EMPEREUR N'A PAS ENCORE BOUGÉ ! IL LAISSE SES ADVERSAIRES PRENDRE DE L'AVANCE...
OUH LÀ !
BLAM
CARAMBOLAGE À MI-PARCOURS !
MAIS TRIGGER ...
VSH
ESQUIVE AVEC BRIO ...
ET PASSE !
VRR
IL PREND LA TÊTE DÈS SA PREMIÈRE COURSE !!
HÉ HÉ HÉ...
PAS MAL ...

VSH
INGRAM PART EN CHASSE !
ALLEZ, LE REMPLAÇANT ...
DIVERTIS-MOI !
L'ÈRE DE L'EMPEREUR INGRAM EST RÉVOLUE !
JE VAIS ...
LE GRAND MÉCHANT LOUP SE RAPPROCHE DE TRIGGER !!
NON... ON VA...
DEVENIR NUMÉROS UN !

CLING
INCROYABLE !
BRR
BAM
LE CRASHEUR EST BEL ET BIEN DE RETOUR !
AAAAH !
MALHEUREUSE-MENT, TRIGGER DOIT SE RETIRER DÈS SON PRE-MIER TOUR DE PISTE !!

PAR-DON...
J'AI TROP FORCÉ ...
NON, C'ÉTAIT TRÈS BIEN !
TU N'AS PAS EU PEUR D'APPUYER SUR L'ACCÉ-LÉRATEUR !
VA PRENDRE UNE DOU-CHE !
D'AC-CORD...
JE N'EN REVIENS PAS...
IL S'EN SORT ENCORE MIEUX QUE PRÉVU !
...
C'EST VRAI...

TRIGGER, L'ÉTOILE MONTANTE DE LA MC 3000...
N'A EU DE CESSE DE DÉFIER L'EMPEREUR DEPUIS SA TOUTE PREMIÈRE COURSE...
HÉLAS POUR LUI, CHAQUE AFFRONTEMENT S'EST SOLDÉ PAR UN ACCIDENT ET UN ABANDON POUR CE DIGNE SUCCESSEUR DU CRASHEUR !
HA HA HA HA !
PARFAIT, VAS-Y !
ENCORE ! CONTINUE !
ET...
PAF
MERDE !
DÉSOLÉ !
MAIS TU VAS VOIR...
LA PROCHAINE FOIS, ÇA NE SE PASSERA PAS COMME ÇA !
JE ME FAIS TOUJOURS AVOIR PAR CE VIRAGE EN ÉPINGLE À CHEVEUX...
JE VAIS L'ABORDER DIFFÉREMMENT...
RAAH ! BON SANG, ENCORE ?!
J'AI PIGÉ LA TRAJECTOIRE À PRENDRE...
LE LOUP NE ME RATTRAPERA PLUS !

TRIGGER ...
NE PRENDS ...
PAS TROP DE RISQUES !
JE NE RÉUSSIRAI PAS SANS EN PRENDRE !
JE DOIS FONCER COMME SI MA VIE EN DÉPENDAIT, OU JE N'AVANCERAI PAS !
C'EST BIEN CE QUE TU M'AS APPRIS, NON ?
SORS LE CHAMPAGNE ...
ET ATTENDS-MOI À L'ARRIVÉE !
COMPRIS ...
POF
VRRRR
BONNE CHANCE !

VRRR
JUSQUE-LÀ, TRIGGER AVAIT DÛ ABANDONNER À CHAQUE AFFRONTEMENT...
IL NE S'EST PAS ENCORE CRASHÉ MALGRÉ UNE CONCURRENCE ACHARNÉE...
MAIS POUR SA SEPTIÈME COURSE...
IL ENTAME LE DERNIER TOUR TOUJOURS EN TÊTE !!
JE VAIS POUVOIR ME DÉGAGER !
TU CROIS QUE JE VAIS TE LAISSER FAIRE ?!
INGRAM EMPLOIE LES GRANDS MOYENS !!
VROOOM
IL PASSE EN FORCE PAR L'EXTÉRIEUR !
AH !
GH...

MAIS TRIGGER TIENT BON !
CRI
VSH
IL FAIT FI DE TOUTE THÉORIE ET BRISE LA MALÉDICTION !
QUOI ?!
IL AURAIT DÉJÀ DÛ PARTIR DANS LE DÉCOR !
KIII
LES DEUX RIVAUX PRENNENT LE DERNIER VIRAGE SOUS LES ACCLAMATIONS DE LA FOULE EN DÉLIRE !!
OOOOH !
BRR
JE NE LAISSERAI PLUS PERSONNE M'APPELER LE CRASHEUR...
AUJOURD'HUI ...
JE VAIS TE BATTRE !
VRRR

BARRETT, TU AS TENDU LA MAIN...
AU BON À RIEN QUE J'ÉTAIS...
TU AS ILLUMINÉ MA VIE...
PLONGÉE DANS LES TÉNÈBRES ...
ET TU M'AS DONNÉ UN RÊVE...
À MOI QUI MARCHAIS TÊTE BAISSÉE SANS RIEN ATTENDRE DE L'EXIS-TENCE !
MAINTENANT ...
ÇA ME PLAÎT BEAUCOUP, DE VIVRE !

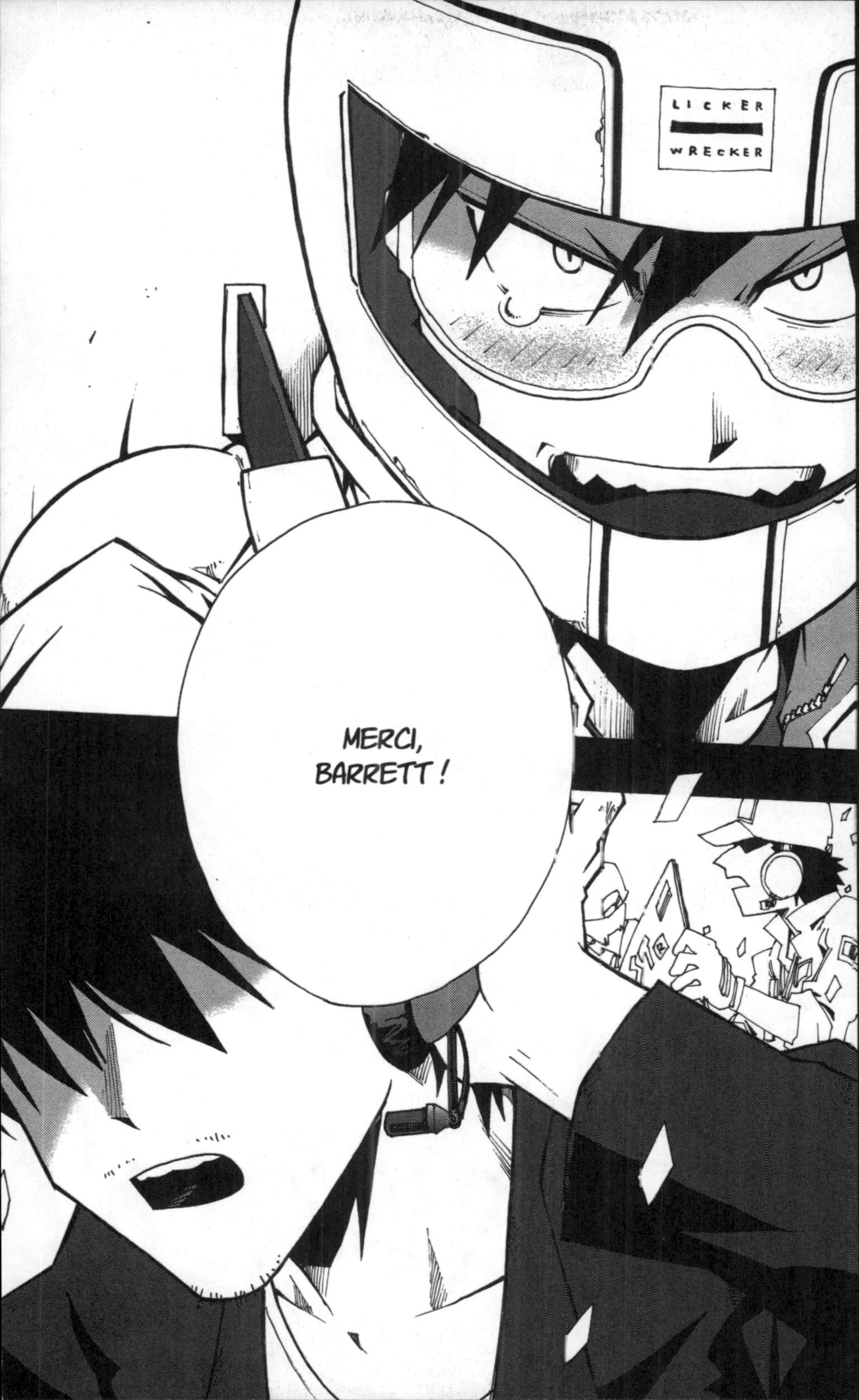
LICKER WRECKER
MERCI, BARRETT !

JE SUIS DÉJÀ MORT UNE FOIS...
JE N'AI PEUR DE RIEN !
VRR

JE TE DONNE MA VIE AVEC JOIE...
SI ELLE PEUT T'ÊTRE UTILE !
JE MOURRAI EN AYANT VÉCU !
BOBOM

AH !
TU ES RÉVEILLÉ ?
TU AS EU UNE CHANCE DE TOUS LES DIABLES...
DE TE TIRER D'UN ACCIDENT PAREIL AVEC SEULEMENT QUELQUES ÉGRATIGNURES !
ON N'AVAIT PAS EU DE SAISON AUSSI PALPITANTE DEPUIS L'ÉPOQUE DE BARRETT !
J'ESPÈRE QUE TU GAGNERAS LA PROCHAINE FOIS !

JE DOIS ...
M'EXCUSER AUPRÈS DE BARRETT...
IL EST DANS LA SALLE DE RÉUNION...
IL DISCUTE AVEC LE SPONSOR ET L'ORGANISATEUR DE LA COMPÉTITION !
JE VAIS ...
LE VOIR ...
TU IRAS LOIN, FUTUR EMPEREUR !
LA SALLE DE RÉUNION...
JE N'EN ATTENDAIS PAS MOINS DE TOI, BARRETT !
FSH

FRANCHEMENT ...
RÉUSSIR À DÉVELOPPER CHEZ CE GAMIN...
UN TALENT PAREIL EN SI PEU DE TEMPS, CHAPEAU !
LE BUZZ DE LA PREMIÈRE COURSE A RAMEUTÉ LES SPECTATEURS EN MASSE...
DEPUIS, ON FAIT STADE COMBLE À CHAQUE FOIS...
ET APPAREMMENT, NOTRE PART D'AUDIENCE TÉLÉVISUELLE EST MONTÉE À 72 % !
ON SE CROIRAIT REVENUS À TON HEURE DE GLOIRE...
HEIN, BARRETT LE CRASHEUR ?!

L'EMPEREUR INVAINCU...
ET LE CHALLENGER QUI REVENAIT TOUJOURS À LA CHARGE MALGRÉ LES DÉFAITES ...
VOTRE RIVALITÉ ...
DONNAIT LIEU À DES COURSES QUI CAPTIVAIENT LES SPECTATEURS ...
ATTISANT À LA FOIS L'ATTENTE DU CRASH ET L'ESPOIR QUE TU RÉUSSISSES...
UN SCÉNARIO PARFAITEMENT BIEN HUILÉ !
UN SCÉNA-RIO ?
OUI...
PERSONNE NE SE DOUTAIT...

QUE CES ACCIDENTS ÉTAIENT SOIGNEUSEMENT ORCHESTRÉS PAR UN PILOTE KAMIKAZE !

TA RETRAITE A ÉTÉ UN COUP DUR POUR LA COUPE...
MAIS TON PLAN ÉTAIT BIEN TROUVÉ !
TE RECONVERTIR EN MÉCANICIEN, FORMER UN REMPLAÇANT ...
ET TRAFIQUER SON VÉHICULE...
AFIN DE DÉCLENCHER DES CRASHS AU MEILLEUR MOMENT...
EN FAISANT SAUTER DES CHARGES EXPLOSIVES À DISTANCE, C'ÉTAIT UNE IDÉE DE GÉNIE !
POUR LA PREMIÈRE COURSE, TU EN AS PLACÉE UNE SUR L'ARBRE À CAMES...
POUR LES COURSES DEUX À SIX...
SUR LE CARBURATEUR, LE CIRCUIT ÉLECTRIQUE OU LE SYSTÈME DE TRANSMISSION ...
ET POUR CELLE-LÀ, SUR UN PNEU...

ALORS, BARRETT ...
TAC
OÙ EST-CE QUE TU VAS INSTALLER LES EXPLOSIFS, LA PROCHAINE FOIS ?

TON PLAN ÉTAIT BIEN TROUVÉ !
TRAFIQUER LE VÉHICULE DE TON POULAIN POUR DÉCLENCHER DES CRASHS À DISTANCE...
ALORS, BARRETT...
OÙ EST-CE QUE TU VAS INSTALLER LES EXPLOSIFS, LA PROCHAINE FOIS ?
EN FAIT...
C'ÉTAIT BARRETT QUI...

BAH, PEU IMPORTE ...
MAIS IL FAUT QUE TRIGGER TIENNE ENCORE TROIS SAISONS ...
ESSAIE D'ÉVITER LES ACCIDENTS GRAVES !
APRÈS TOUT...
CE PETIT EST UN OUTIL PRÉCIEUX POUR TON BUSINESS !

TOUT...
N'ÉTAIT QUE MENSONGE !
つ
は
VSH
?
TAP
ダッ
TAP
タ
TAP
タ
TAP
タ
QUI EST LÀ ?

#29 BULLET3
TRIGGER ...
A DISPARU ?!
QU'EST-CE QUE ÇA VEUT DIRE ?!
LA COURSE EST SUR LE POINT DE COMMENCER !

IL N'EST PAS RENTRÉ À LA FERRAILLERIE !
J'ÉTAIS PERSUADÉ QU'IL AVAIT PASSÉ LA NUIT À L'INFIRMERIE...
JE NE L'AI PAS VU DEPUIS HIER SOIR ...
IL ÉTAIT PARTI À TA RECHERCHE POUR S'EXCUSER...
...
IL A DÛ NOUS ENTENDRE ...
CHERCHEZ-LE ENCORE !
VSH
LANCEZ UN APPEL DANS LE STADE !

UN PILOTE EST DEMANDÉ ...
TRIGGER F. THROTTLE, TRIGGER F. THROTTLE !
SI VOUS ENTENDEZ CE MES-SAGE...
RENDEZ-VOUS D'URGENCE AU STAND TROIS !
BLA
BLA
BLA
FRSH
FRSH
FRSH
HMM ...
JE RÉPÈTE ...
TRIGGER F. THROTTLE ...
...

SI SEULE-MENT...
TOUT ÇA N'AVAIT ÉTÉ QU'UN MAUVAIS RÊVE...
GH ...
SNIF ...

WOOOH !
BRR
BRR
BRR
BRR
UN COMMUNIQUÉ VIENT D'APPARAÎTRE SUR LE PANNEAU D'AFFICHAGE !!
SUITE À SES BLESSURES, TRIGGER F. THROTTLE NE POURRA PAS PRENDRE PART À LA COURSE ! SON REMPLAÇANT...
SERA BARRETT !
BARRETT M. BOOSTER !!

LE CRASHEUR LÉGENDAIRE ...
FAIT SON GRAND RETOUR DANS LA MOTOR CUP 3000 !!
BRRR
MONSIEUR ...
VOUS ÊTES D'ACCORD AVEC ÇA ?!
J'AI DONNÉ MON FEU VERT AUX COORDINATEURS...
À LA DEMANDE EXPRESSE DE L'INTÉRESSÉ !
ÉCOUTEZ-MOI CE PUBLIC EN DÉLIRE !
OOOH !
LE TALENT DE CE TYPE POUR LA MISE EN SCÈNE FRÔLE LE GÉNIE !

TU ES COMPLÈTEMENT CINGLÉ !
TU SAIS COMBIEN DE TEMPS TU AS ÉTÉ ABSENT ?!
ET PUIS AVEC TA JAMBE...
C'EST COMME LE VÉLO, ÇA NE S'OUBLIE PAS !
J'AI MODIFIÉ LES COMMANDES EN URGENCE POUR POUVOIR CONDUIRE RIEN QU'AVEC LE PIED DROIT !
JE DOIS RÉCOLTER CE QUE J'AI SEMÉ !
VRRR
TOUS LES PILOTES SONT ARRIVÉS...
Y COMPRIS LE CHALLENGER ÉTERNEL QUI FAIT UN COME-BACK MIRACULEUX !!

IL EST À MOI !
CETTE COURSE RESTERA DANS LES ANNALES DE LA MOTOR CUP !
VRRR
EST-CE QU'IL PARVIENDRA À METTRE UN TERME AU RÈGNE INÉBRANLABLE DE L'EMPEREUR ?!

GO!!
VSH
VLAN
TRIGGER !!
OÙ EST BARRETT ?!
IL EST DÉJÀ PARTI !
OÙ EST-CE QUE TU ÉTAIS PASSÉ ?!
FILE-MOI LE CASQUE !
TAC
!!

BARRETT, QU'EST-CE QUI TE PREND...
DE PARTICIPER À CETTE COURSE DANS TON ÉTAT ?!
QU'EST-CE QUE TU CROIS ?
JE TE REMPLACE !
LE FRIC A VRAIMENT UNE TELLE IMPORTANCE POUR TOI, ALORS ?!
J'AI ENTENDU CE QUE VOUS DISIEZ DANS LA SALLE DE RÉUNION...
JE SAIS TOUT !
TU VAS ENCORE TE CRASHER DÉLIBÉRÉMENT JUSTE AVANT LA LIGNE D'ARRIVÉE, JE PARIE...
C'EST CE QUE TU AS TOUJOURS FAIT, PAS VRAI ?

TU M'AS MENTI ...
ET TU M'AS MANIPULÉ...
POUR TOI...
TOUT ÇA, CE N'ÉTAIT QUE DU BUSINESS, HEIN ?!

EXACT !
POUR MOI, LA COURSE, C'EST UN TRAVAIL...
ET TOI, TU ES UN OUTIL !
JE ME SUIS SERVI DE TOI...
JE L'AI FAIT POUR L'ARGENT !

J'ÉTAIS UN PILOTE PRO ACHARNÉ...
PRÊT À TOUS LES EFFORTS POUR AMÉLIORER SON TEMPS D'UNE SECONDE...
POURTANT, J'AVAIS BEAU DÉFIER INGRAM ENCORE ET ENCORE, JE N'ARRIVAIS JAMAIS À LE BATTRE !
J'ÉTAIS COMPLÈTEMENT ABATTU À FORCE DE STAGNER...
MAIS UN MOT DE L'ORGANISATEUR DE LA COMPÉTITION...
ET SI ...
TU AVAIS UN ACCIDENT EXPRÈS ?
A SUFFI POUR ME LIBÉRER !
J'AI CHOISI L'ARGENT EN FACE DE MOI...
POF
PLUTÔT QU'UN RÊVE INACCESSIBLE ...

ET DEPUIS CE JOUR-LÀ...
JE ME SUIS CONSACRÉ ENTIÈREMENT À MON ACTIVITÉ DE CRASHEUR PROFESSIONNEL !

HÉLAS, UNE FRACTURE À LA JAMBE ...
EST VENUE METTRE UN TERME À MA NOUVELLE CARRIÈRE !
CEPENDANT, J'AI TOUT DE SUITE...
TROUVÉ UN AUTRE EMPLOI...
TU AIMES LES VOI-TURES ?
TU AIMES ...
LA COURSE ?
FORMER UN NOUVEAU CRASHEUR !
ÇA TE DIRAIT ...
DE PARTICIPER À LA MOTOR CUP 3000 AVEC MOI ?

APRÈS DE NOMBREUX ÉCHECS...
J'AI FINI ...
PAR TROUVER L'OUTIL IDÉAL...
ET C'ÉTAIT TOI...
TRIGGER !

LE NOUVEAU CRASHEUR ...
DEVAIT ABSOLUMENT FAIRE SES DÉBUTS PENDANT L'HEURE DE GLOIRE D'INGRAM...
POUR QUE LE BUSINESS SOIT VIABLE !
EN SIX MOIS, JE T'AI INCULQUÉ...
TOUTES MES TECHNIQUES DE PILOTAGE...
TU ÉTAIS VRAIMENT TRÈS DOUÉ...
C'ÉTAIT UN TRAVAIL IMPECCABLE ...
JE N'AURAIS PAS PU RÊVER MIEUX !

SORS LE CHAMPAGNE...
ET ATTENDS-MOI À L'ARRIVÉE !
INGRAM EMPLOIE LES GRANDS MOYENS !!
LA SEULE CHOSE QUE JE N'AVAIS PAS PRÉVUE...
IL PASSE EN FORCE PAR L'EXTÉRIEUR !
C'EST QUE...
TU DÉPASSERAIS MES ATTENTES !

MAIS TRIGGER TIENT BON !
IL FAIT FI DE TOUTE THÉORIE ET BRISE LA MALÉDICTION !
TU ÉTAIS DEVENU UN PILOTE CAPABLE DE RIVALISER AVEC INGRAM...
OOOOH !
SANS TE REPOSER SUR DES MÉTHODES À LA PETITE SEMAINE POUR PLAIRE AU PUBLIC !
BOBOM
BRR
C'ÉTAIT LE MOMENT !!
!
POURQUOI TU N'AS PAS APPUYÉ SUR LE BOUTON ?!

MAINTENANT
...
ÇA ME PLAÎT BEAUCOUP, DE VIVRE !
TU POSSÉDAIS
...
MERCI, BARRETT !
CE QUE J'AVAIS PERDU...
ET TU M'AS RAPPELÉ QUELQUE CHOSE DE CRUCIAL !

ALORS J'AI FAIT MON CHOIX...

TAC
ESSAIE D'ÉVITER LES ACCIDENTS GRAVES !
TAP
TAP
APRÈS TOUT, CE PETIT EST UN OUTIL PRÉCIEUX POUR TON BUSINESS !
LE CRASHEUR ...
FERME BOUTIQUE !
JE LAISSERAI TRIGGER...
SE DONNER À FOND DANS LA PROCHAINE COURSE !

MAIS AU MOMENT DU DÉPART...
TRIGGER ...
A DISPARU ?!
TU NE T'ES PAS MONTRÉ !
JE L'AI BIEN CHERCHÉ ...
...
IL A DÛ NOUS ENTENDRE...
JE N'AI CESSÉ DE TE TROMPER...
EN RÉALITÉ ...
JE ME MENTAIS À MOI-MÊME !
JE N'AVAIS PLUS...
QU'UNE SEULE CHOSE À FAIRE...

UNE VOITURE ...
ÇA SERT À ALLER DE L'AVANT !
FINI LES ARTIFICES ...
JE REDEVIENS PILOTE !

WOOOSH
PARDON...
WRECKER
DE M'ÊTRE SERVI DE TOI...
TRIGGER !
CE N'EST PAS ÇA LE PROBLÈME !
POURQUOI EST-CE QUE TU NE M'AS PAS MIS AU COURANT DE TOUT DÈS LE DÉPART ?

JE TE DOIS TOUT...
TU M'AS RECUEILLI ET TU M'AS DONNÉ UNE RAISON DE VIVRE...
J'AURAIS FAIT N'IMPORTE QUOI POUR TOI !
SI TU M'AVAIS DEMANDÉ DE DEVENIR TON OUTIL, JE ME SERAIS EXÉ-CUTÉ AVEC JOIE !!

NON...
TU TE TROMPES, TRIGGER...
LA PREMIÈRE FOIS QUE JE T'AI VU...
JE T'AI DEMANDÉ SI ÇA TE PLAISAIT DE VIVRE, TU TE SOUVIENS ?
À CE MOMENT-LÀ...
C'EST MOI QUI ÉTAIS FATIGUÉ DE LA VIE !
TU TE RAPPELLES ...
CE QUE JE T'AI DIT JUSTE APRÈS, À PROPOS DU DESTIN ?

J'AI ABANDONNÉ MON RÊVE...
AU PROFIT D'UNE COMBINE MINABLE...
À LA MINUTE OÙ J'AI ACCEPTÉ L'ARGENT QU'ON ME TENDAIT, C'EST COMME SI JE M'ÉTAIS TIRÉ UNE BALLE DANS LA TÊTE...
PENDANT TOUTES CES ANNÉES...
J'AI VÉCU COMME UN MORT !
EN RÉALITÉ, CE N'EST PAS MOI...
QUI T'AI SAUVÉ...

MAIS L'INVERSE ...

C'EST TOI QUI M'AS REDONNÉ GOÛT À LA VIE !
ET BARRETT ACCÉLÈRE !!
WOOOSH
IL SE HISSE D'UN COUP EN TÊTE DU CLASSE-MENT !!

GRÂCE À TOI, JE ME SUIS SOU-VENU...
DE MON VÉRITABLE RÊVE...
DE CE QUE JE VOULAIS VRAIMENT DEVENIR...
QUAND J'ÉTAIS GOSSE, JE SUIS TOMBÉ SUR UNE ÉMIS-SION À LA TÉLÉ...
UNE REDIFFUSION D'UNE SÉRIE DE SUPER-HÉROS...
QUI PASSAIT TARD LE SOIR.
UN GARÇON QUI VEUT DEVENIR PILOTE ...
EST ATTAQUÉ PAR UN MONSTRE ...

LE HÉROS APPARAÎT, TRIOMPHE DU MÉCHANT...
ET DIT À L'ENFANT...
"JE SAIS QUE TU ES CAPABLE DE DEVENIR LE MEILLEUR PILOTE DU MONDE !"
"SI TU ES UN HOMME..."
"DEVIENS LE NUMÉRO UN !"

ÇA Y EST, INGRAM PASSE À L'ACTION !
IL SE LANCE À LA POURSUITE DE SON VIEUX RIVAL !
VRRRR
LE MAÎTRE SE MÊLE DES COMBATS DE SON DISCIPLE ?!
VOUS NE VOUS LASSEREZ DONC JAMAIS DE ME DISTRAIRE ?!
HAHAHAHA !
VROOOM
ET BOUM !
GH...
BARRETT !!

GRIII
LE CRASHEUR S'ACCROCHE !!
IL TIENT BON !
QUOI ?!
WOOOOOSH
VRRRRR
LÀ, MAINTENANT ...
JE SUIS VRAIMENT EN VIE !

ET JE T'ASSURE ...
CET INSTANT ...
JE VAIS LE VIVRE PLEINEMENT !
VRRRR
CRR
QUE ÇA VAUT LE COUP !

MERCI, TRIGGER !

VSH

ATTENDS-MOI À L'ARRIVÉE AVEC LE CHAMPAGNE !!

MOTO

ドォォオォ
BOUM

DZZZZZZZZZ

VRR
VRR
CRAC
BING
TAC

FSH
TCHAC
LE CRASHEUR FERME BOUTIQUE !
JE LAISSERAI TRIGGER...
SE DONNER À FOND DANS LA PROCHAINE COURSE !
SI SEULEMENT...
J'AVAIS PARTICIPÉ À LA COURSE...
SI J'AVAIS FAIT CE QUE JE DEVAIS FAIRE...
PLOF

QU'EST-CE QUE...
JE PEUX FAIRE POUR BARRETT, MAINTENANT ?
QU'EST-CE QUE ...
JE DOIS ACCOMPLIR ?

VSH

BARRETT ...
POUR MOI, TU ES ENCORE...
ALORS AUJOURD'HUI, JE VAIS BATTRE CE TYPE...
ET FAIRE DE TOI UN HOMME MORT APRÈS AVOIR VÉCU !

QUELQU'UN QUI A VÉCU COMME UN MORT...
JE TE DOIS BIEN ÇA !

JE DEVIENDRAI LE NUMÉRO UN !
REGARDE BIEN, ESPÈCE D'INCAPABLE !

TO BE CONTINUED...

ON LA REFAIT ! (1)

ON LA REFAIT ! (2)

BONBECS

ON LA REFAIT ! (3)

7
ラン・デイ・バースト
RUN day BURST
YUKO OSADA
Ki-OON
shonen

RUN day BURST 7
YUKO OSADA

RUN day BURST
ラン・デイ・バースト
7

COMME VOUS LE SAVEZ, LE PREMIER FERRY A DÉJÀ QUITTÉ LE CONTINENT AVEC PLUSIEURS PILOTES À SON BORD !!
MER DE LOKDENA
ATGAN BAY
CETTE FOIS, LE MOMENT FATIDIQUE EST ARRIVÉ POUR NOS CONCUR-RENTS !!
IL NE RESTE PLUS QU'UN EMPLACE-MENT DIS-PONIBLE !
LE SECOND PEUT ACCUEILLIR LES VÉHICULES DE LA 11E À LA 20E PLACE …
ET LE NUMÉRO 19 VIENT JUSTE D'EMBAR-QUER !
EN 20E POSITION, ON RETROUVE NOTRE PETIT TRACTEUR, QUI FONCE À TOUTE BERZINGUE …
TALONNÉ PAR INGRAM …
L'ANCIEN EMPEREUR DE LA MC 3000 !!
ドドドドドドドド
VRRR
QUI DES DEUX REMPORTERA …
LA COURSE JUSQU'À L'EM-BARCADÈRE ?!

LA MER !!
PORT D'ATCAN BAY.
VRrr
ドドドドド
N'OUBLIE PAS, MON PETIT TRIGGER...
#30 CHASE

LE PERDANT SE RETIRE DE LA RDB...
ET SI JE GAGNE, TON MÉCANO SERA À MOI !
IL EST HORS DE QUESTION QUE JE PERDE !

LA ROUTE QUI MÈNE AUX QUAIS PASSE PAR LA VILLE PORTUAIRE D'ATCAN BAY, SITUÉE À FLANC DE COLLINE !!
VSH
LE TRACTEUR SE JETTE DANS LA PENTE !
IL A L'AVANTAGE !!
HÉ HÉ HÉ !
JE N'EN ATTENDAIS PAS MOINS DU NOUVEAU CRASHEUR !
TU SAIS EXACTEMENT...
QUELS SONT LES SCÉNARIOS ...
QUI M'ÉCLATENT LE PLUS !

TU ÉTAIS AU COURANT...
POUR LA COMBINE DE BARRETT ?
LORSQUE CE TYPE A PRIS CONSCIENCE QU'IL NE SERAIT JAMAIS DE TAILLE CONTRE MOI...
IL A VENDU SON ÂME !
ET AU BOUT DU COMPTE, IL A CREVÉ COMME UN CHIEN...
À CAUSE DE SON PETIT BUSINESS !
UNE VIE PATHÉTIQUE JUSQU'À LA FIN !

NON, LORS DE SON DERNIER TOUR DE PISTE...
IL A COURU POUR DE BON !
QUOI ?
TU AS ARRÊTÉ LA MC 3000 APRÈS CETTE COMPÉTITION ...
TU DEVAIS TE SENTIR SEUL...
APRÈS AVOIR PERDU TON UNIQUE AMI, NON ?
ON VA ENFIN POUVOIR S'AFFRONTER...
FACE À FACE !

JE VEUX BIEN JOUER AVEC TOI...
VSH
INGRAM !!
T'AS JAMAIS SU...
CROUNCH
BAM
QUAND FERMER TA GRANDE GUEULE !!

UZI !
BOOSTERS À PLEINE PUISSANCE !
MAUVAISE IDÉE !
DANS CETTE SITUATION, C'EST DU DÉLIRE !
ON EST PASSÉS AUX CHOSES SÉRIEUSES...
ALORS NE M'ÉNERVE PAS !
BAM
...
PIGÉ !
CLING
ガチャ
CRIIII
VRRR
HÉ HÉ ! PARFAIT ! C'EST TOUT CE QUE J'ESPÉRAIS !

LE SENS DU DEVOIR ET LES RESSOURCES ...
D'UN CHIEN ERRANT ÉLEVÉ PAR UN CHIEN !
CRII
CRII
CRII
CRII
VSH
VRRR
TU VAS VOIR !
YAAAAAH !

ÇA SUFFIT ...
CRIII
!
CRIII

ギュッ
COMME ÇA !
TON ACCÉLÉRATION, TON INTUITION, TES VIRAGES, TES TRAJECTOIRES.. TOUT EST COMME IL Y A HUIT ANS !
TU N'AS VRAIMENT RIEN APPRIS !

TU N'ARRIVERAS JAMAIS À ME SURPASSER ...
TU RESTERAS TOUJOURS UN VULGAIRE REMPLAÇANT !

GAM
VRSH
LA PARTIE EST FINIE !

...
BON SANG !
PAF
BOSS ... QU'EST-CE QUI NE VA PAS ?!
JE VAIS RECOMMENCER ...
À M'ENNUYER COMME UN RAT MORT !

TSS...
TOUT ÇA, C'EST DE TA FAUTE, BARRETT !
MAIS... ON VA BIENTÔT ATTEINDRE L'EMBARCADÈRE...
C'EST TOI QUI VAS REMPORTER CE DUEL...
ET RÉCUPÉRER UN NOUVEAU MÉCANO, NON ?
LA RDB N'EST PAS FINIE...
VOUS FORMEREZ UNE ÉQUIPE DU TONNERRE...
CE SERA ENCORE PLUS MARRANT !
PAS DU TOUT !

SI BARRETT A VENDU SON ÂME À L'ARGENT ...
MOI J'AI VENDU LA MIENNE AU SPECTACLE !
MAIS DEPUIS QUE MON PARTENAIRE EST MORT...
JE SUIS COMME PRISONNIER D'UN ENTRACTE INTER-MINABLE !
ET LÀ, HUIT ANS APRÈS, JE REMONTE SUR SCÈNE AVEC SON REMPLAÇANT...
PLOF
SAUF QUE VU SON NIVEAU, CE N'EST PAS DEMAIN LA VEILLE QUE LE RIDEAU VA TOMBER...

MON SHOW ...
NE PRENDRA JAMAIS FIN !
...
TON SHOW ...
YAA...
AAAAAAH !
?!

TU TE FICHES DE MOI ?!
YAAAAAAAAH !
BAM

LA PARTIE EST LOIN ...
HIIIIIIIIIIII !!
BLAM
D'ÊTRE FINIE !!

TRIGGER ?!
PLAF
BAM
ON VA FAIRE LA COURSE JUSQU'EN BAS DE CETTE PENTE, COMME PRÉVU...
ON JOUE LE TOUT POUR LE TOUT !
TU PENSAIS QU'UN PROBLÈME DE DÉMARREUR ALLAIT NOUS ARRÊTER ?
TU RÊVES, MON VIEUX !
MAINTENANT QUE TU M'AS TOUCHÉ...
C'EST MOI LE LOUP !

ET SI JE NE PEUX PAS GAGNER À LA RÉGULIÈRE ...
WOOSH
ALORS JE L'EMPORTERAI À TA FAÇON !
JE VAIS PRENDRE UN RACCOURCI !
TOUT DROIT !!
BOBOM
BOBOM

C'EST ...
PARTI!!!!
BAM
BAM
UNE ATTAQUE-SUICIDE...
ÇA, C'EST DE LA MISE EN SCÈNE DE MALADE...
ぶるっ
BRRR
TRIGGER !
TCHAC
PLAF

LE HÉROS LÉGENDAIRE REVENU À LA VIE PARVIENDRA-T-IL À VAINCRE SON ENNEMI DE TOUJOURS ?
L'EMPEREUR INÉBRANLABLE RÉUSSIRA-T-IL À PROTÉGER SON TRÔNE ?
C'EST L'HEURE DU GRAND DÉNOUEMENT !!

UZI !
FILE-MOI UNE SUCETTE PARFUM LAIT-FRAISE !
BON SANG !
LE MOTEUR NE VEUT PAS DÉMARRER !
BAM
BAM
TCHAC
PLAF
LAIT-FRAISE ...
OH NON ...
T'ES PAS SÉRIEUX ?
LE FERRY !!
PAF
PAF

CETTE FOIS, ON EST CUITS ! ON N'ARRIVERA JAMAIS À RATTRAPER INGRAM !!
ON NE PEUT PAS ÉCHOUER SI PRÈS DU BUT ! UN MIRACLE ! IL NOUS FAUT UN MIRACLE !!
JE VOUS JURE QU'ON VA LE DÉPASSER !
FAITES-MOI CONFIANCE !
T'INQUIÈTE, J'AI FOI EN TOI...
DEPUIS LE DÉBUT !
VRRRR
IL EST EN VUE !!

PLUS VITE...
PLUS VITE...
VRRR
ENCORE PLUS VITE !
UZI !
SECOUE-TOI ET METS LA GOMME !!
JE VEUX FILER COMME LE VENT !!
ÇA SUFFIT COMME ÇA !
IL NE RESTE PLUS QUE CENT MÈTRES AVANT LE BATEAU ...
ON EST DÉJÀ SÛRS DE GAGNER !
SI ON ACCÉLÈRE ENCORE...
ON NE POURRA PAS S'ARRÊTER ET ON S'EXPLOSERA SUR LE RAFIOT !
C'EST MOI LE PREMIER RÔLE DU SHOW...
VRRR
ET VOILÀ ENFIN LA CONCLUSION QUE J'ESPÉRAIS !

C'EST MON VŒU LE PLUS CHER DE MOURIR EN PLEIN RUSH !
PLUS PERSONNE NE POURRA M'ARRÊTER !!
SI ON PERD, ON QUITTE LA RDB... SI ON GAGNE, LE BOSS EMBARQUE LE MÉCANO DE L'AUTRE ÉQUIPE...
DANS TOUS LES CAS, JE NE POURRAI PAS CONTINUER LA COURSE AVEC LUI...
IL NE ME RESTE PLUS...
QU'UNE CHOSE À FAIRE !

ALLEZ !
PLEINS GAZ !
TU VAS DÉMARRER, OUI ?!
TCHAC
TRÈS BIEN...
PLAF
CLANG

VROUM
OUAIS !
DANS CE CAS, C'EST MOI QUI METTRAI UN TERME À TON SHOW !
CLAC

CLONG
BRAOM
CR!!!

vSH
TRIPLE ANDOUILLE !
QU'EST-CE QUE T'AS FICHU ?!
PLOF
SI PERSONNE NE PEUT T'ARRÊTER ...
ALORS C'EST MOI QUI M'EN CHARGERAI !

JE NE VEUX PAS D'UN SPEC-TACLE...
OÙ MON HÉROS FAVORI...
MEURT À LA FIN !

YES!
ON A GA...

ENFIN JE VOUS RETROUVE !
CALICO ?!
L'ARMÉE DE DICE A L'INTENTION DE FAIRE FEU SUR LOSDON À COUPS DE CANON ORBITAL !
ILS SONT À LA RECHERCHE DU VÉHICULE QUI BROUILLE LEURS TRANSMISSIONS...
ET COMME VOLVER A PARTICIPÉ AU LANCEMENT D'ATLAS, ILS ONT SA VOITURE DANS LE COLLIMATEUR !

ALORS ...
EUH ...
SOIS PRUDENT !
CRII
CLONG
FRSH
AAH !
HEIN ?

TVUUT
LE SECOND FERRY RÉSERVÉ AUX PILOTES DE LA RDB...
EST À PRÉSENT COMPLET !
APPAREILLAGE !
CLONG
VROUT VROUT
QUOIIII ?!
C'EST ELLE QUI EST MONTÉE À BORD ?!
J'Y CROIS PAAAS !
QUEL COUP DE THÉÂTRE ...
C'EST QUOI CE REBONDISSEMENT À LA MORDS-MOI LE NŒUD ?!
LE SCÉNARIO LAISSE À DÉSIRER !

TAP
TAP
VLAM
...
BOSS
...
BAM

くん
PLOF
INGRAM
EH, BARRETT ...
C'ÉTAIT UN BEAU FINAL...

TU AURAS ÉTÉ UN BON PARTENAIRE ...
MAIS NOTRE SPECTACLE EST TERMINÉ...
ADIEU !

C'EST UN PEU TÔT...
POUR REPARTIR EN COULISSES !
MÊME SI LE RIDEAU EST TOMBÉ POUR TOI...
POUR MOI, IL VIENT TOUT JUSTE DE SE LEVER !
AVEC TOUS CES GÊNEURS, ON N'A PAS VRAIMENT PU DÉTERMINER DE VAINQUEUR...
IL VA FALLOIR JOUER LES PROLONGA-TIONS...

NOUVEL OBJECTIF : LOSDON !
DISONS QUE CELUI QUI FINIRA PREMIER DE LA RDB REMPORTERA LE DÉFI, OK ?

TU VEUX BIEN JOUER ENCORE UN PEU TON RÔLE DE RIVAL...
HÉ HÉ HÉ ...
UN DERNIER RAPPEL, HEIN ?

EN SOUVENIR DU BON VIEUX TEMPS ?
INTÉRESSANT !
UZI !!
びくぅ
GLONPS
DIS DONC ...
ON PEUT SAVOIR OÙ TU VAS ?!
BEN... JE...
JE SUIS VIRÉ, NON ?

FILE-MOI UNE SUCETTE !
GOÛT CARAMEL !
MAIS ...
J'AI RUINÉ TA PRESTATION !
PFF ...
IMBÉCILE !
PAF
DES MÉCANOS QUI M'ONT PERMIS DE ROULER, J'EN AI EU PLEIN...
MAIS TU ES LE SEUL QUI AIT SU M'ARRÊTER !

À CAUSE DE TOI, LES PNEUS SONT À PLAT...
RÉPARE-MOI ÇA ILLICO !
OK !
JE M'EN OCCUPE !!

JE COMPTE BIEN PRENDRE MA REVANCHE…
ALORS DÉBROUILLE-TOI POUR RESTER DANS LA COURSE !
ON SE RETROUVERA À LOSDON !
BARREL
PAF
ALLEZ, POUSSE !
EH, BOSS ! FILE-MOI UN COUP DE MAIN !
RÉVEILLE-MOI QUAND TU AURAS FINI !
PFF… C'EST PAS JUSTE !

FINALEMENT ...
ÇA SE RÉGLERA À LOSDON !
ENCORE UN PEU DE PATIENCE...
PLOF
BARRETT !

COMMENT ÇA SE FAIT...
QUE TU NE M'ASSAIL-LES PAS DE QUESTIONS ?
JE NE SAIS PAS CE QUI S'EST PASSÉ ENTRE CE TYPE ET TOI...
ET SI JE TE LE DEMANDAIS, TU ME RÉPONDRAIS SÛRE-MENT : "TU CROIS QUE C'EST LE MOMENT DE SE RACONTER NOTRE VIE, CRÉTIN ?!"
JE NE PEUX PAS REMPLACER BARRETT...
MAIS...
LUI NON PLUS NE PEUT PAS PRENDRE MA PLACE !

QUAND ON AURA GAGNÉ CETTE COURSE ...
TU ME RACONTERAS TOUT EN DÉTAIL !
TU ES DEVENU BIEN SÛR DE TOI, BARREL LE FERRAILLEUR !
TU PEUX PARLER, TRIGGER LE PLEURNI-CHEUR !
POF
ALLEZ, ON Y VA !
OUAIS !

ALLER OÙ ?
LE PROCHAIN FERRY NE PART QUE DANS SIX HEURES !
C'EST VRAI...
RAAAH, ANDOUILLE DE CALICO !
...
...
IL ME SEMBLE ...
QU'À EXACTEMENT 12 KILOMÈTRES AU NORD ...
IL Y A UNE VOIE FERRÉE QUI FRANCHIT LE DÉTROIT !
TILT
...

CE QUI VEUT DIRE...
QUE SI ON S'INTRODUIT DANS UN WAGON DE MARCHANDISES...
ON PEUT TRAVERSER LA MER ?
LES TRAINS ONT DES ROUES...
ALORS ON N'IRA PAS À L'ENCONTRE DES RÈGLES DE LA RDB !
ET JE POURRAI MÊME PROFITER DU VOYAGE POUR RÉPARER LE MOTEUR !
D'UNE PIERRE TROIS COUPS, ÇA FAISAIT LONGTEMPS !
BRAVO, LE PLAN SUR PATTES !
ARRÊTEZ, JE VAIS ROUGIR !
BIEN JOUÉ, LOADER !!
UN VRAI TRAVAIL D'ÉQUIPE !
ÉVIDEMMENT ! PERSONNE N'EST UN BOULET DANS NOTRE...
...
BON, PAS UNE SECONDE À PERDRE !!
EN AVANT, LES GARS !!
OUAH !
À LA SIMPLE ÉVOCATION DU MOT "BOULET"...
ELLE PART AU QUART DE TOUR !

TIENS ?
BAM
MAIS QU'EST-CE QUE C'EST QUE ÇA ?!
UN PARA-CHUTE ?!
PLAF
FLOP
ÇA VA, MADEMOI-SELLE CYLINDER ?!

!
AH!
FRSH
がぼ
...
NITRODUCK ?!

RUN day BURST

ラン・デイ・バースト

LA ROUTE QUI MÈNE AUX QUAIS PASSE PAR LA VILLE PORTUAIRE D'ATCAN BAY, SITUÉE À FLANC DE COLLINE !!
LE TRACTEUR SE JETTE DANS LA PENTE !
IL A L'AVANTAGE !!
VSH
!
VRR
VRR
VRR
U...
UNE FOR-TERESSE VOLANTE ?!
C'EST QUOI, ÇA ?

TAP
TAP
TAP
DÉSOLÉ D'INTERROMPRE VOTRE PRO-GRAMME...
V...
VOUS ÊTES DE L'ARMÉE DE DICE ?!
TAP
NOUS RECHERCHONS UN VÉHICULE SUSPECT...
JE RÉCLAME VOTRE ENTIÈRE COOPÉRATION !

UN VÉHICULE SUSPECT ?
ON A LES FORMULAIRES D'INSCRIPTION DE TOUS LES CONCURRENTS, AVEC LEUR MODÈLE DE VOITURE, SI VOUS VOULEZ...
DANS CE CAS ...
ALLONS DROIT AU BUT...
Y A-T-IL UN PARTICIPANT DU NOM DE F. WRENCH ?

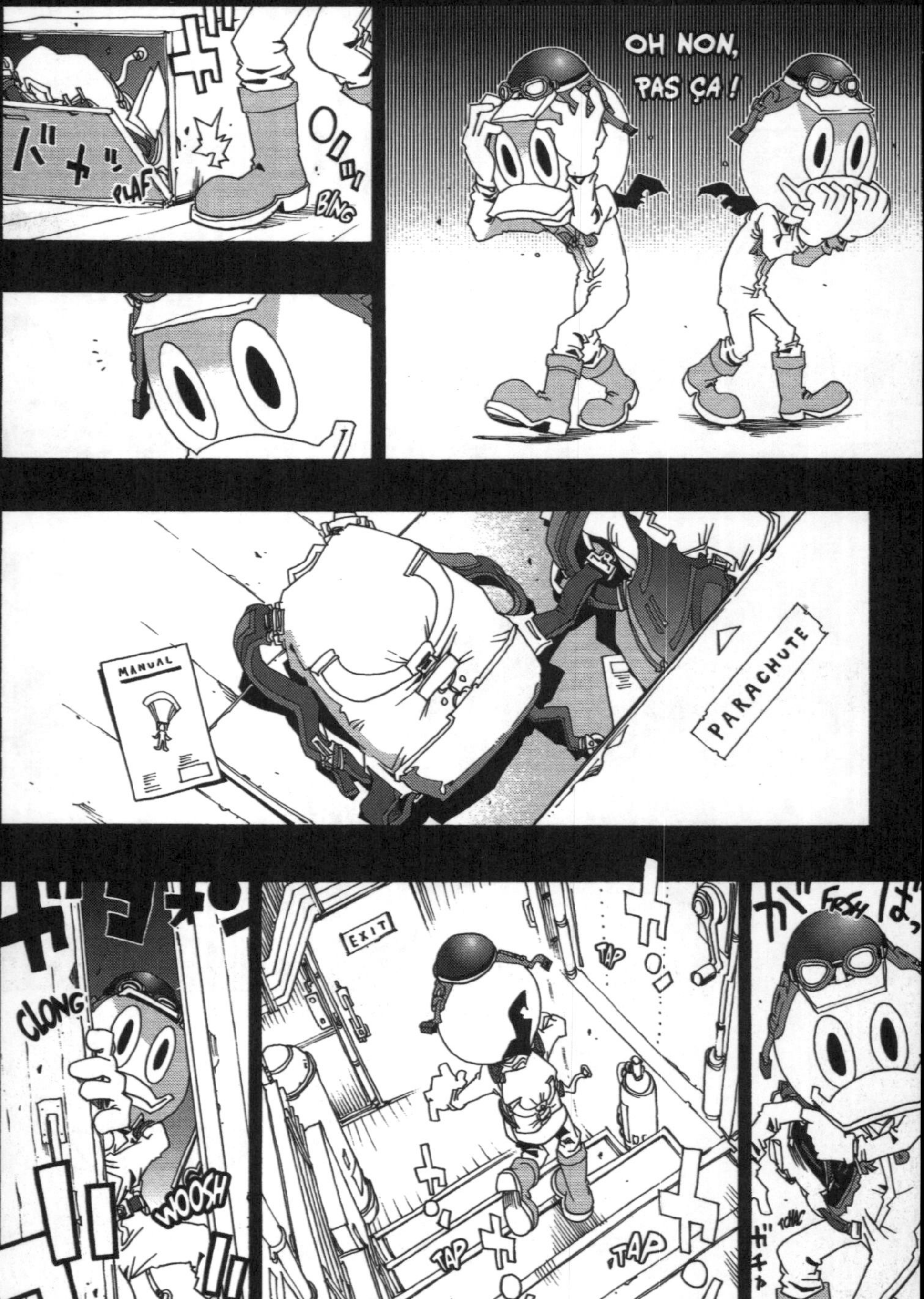
OH NON, PAS ÇA !
PLAF
BING
MANUAL
PARACHUTE
FRSH
EXIT
TAP
TAP
TAP
CLONG
WOOSH

WOOSH
ガク ガク
ガク ガク
BRRRR
プル プル プル
GLOUPS
MANUAL
ビュウッ
VSH
AH!

6
FORTERESSE VOLANTE "MOUSE"
VAISSEAU-RELAIS
1
L'ARMÉE ?
XXX F. WRENCH ?
MER DE SBARA
GEMBANI EXPRESS
ATTENDS ! REVIENS !!
ATCAN BAY
ZZZ

RUN day BURST
YUKO OSADA
#31 DUCK
OBJECTIF
LOSDON
CONTINENT DE FURAKIA
...
MER DE LOKDENA
FERRY
LES SIX ESCADRONS ÉTOILE DE L'ARMÉE IMPÉRIALE DE DICE
2
3
4
5

ガシュ
TCHOU
ガシュ
TCHOU
TRAIN INTERCONTINENTAL
"GEMBANI EXPRESS".
ガシュ
TCHOU
BROM
C'ÉTAIT VRAIMENT UNE IDÉE DE GÉNIE, LOADER...
EN PLUS, ON A EU DU POT ! ON EST ARRIVÉS AU PONT PILE AU BON MOMENT...

TCHOU
TCHOU
CE N'EST PAS AUSSI CONFORTABLE QUE LE FERRY, MAIS AU MOINS ON A TROUVÉ UN MOYEN DE TRAVERSER...
ET BARREL A RAISON, COMME CE TRAIN EST MONTÉ SUR ROUES, ON N'ENFREINT PAS LES RÈGLES !
CYLINDER A L'AIR D'ALLER MIEUX !
GH... MA TÊTE ...
DIEU MERCI !
...
AU FAIT ...

LUI, LÀ...
ON EN FAIT QUOI ?
ÇA ME DÉPASSE ...
POURQUOI IL T'EST TOMBÉ SUR LA TRONCHE SANS PRÉVENIR ?
どんっ
BAM
PEUT-ÊTRE QU'IL EN VOULAIT À MA VIE ?!
IL A FAILLI M'ARRACHER LA TÊTE !
LUI AUSSI, IL A MORFLÉ... IL S'EST ÉVANOUI DIRECT !
くたっ
PLAF
D'AILLEURS, IL NE S'EST TOUJOURS PAS RÉVEILLÉ...
POURQUOI ON L'A EMMENÉ AVEC NOUS, D'ABORD ?!
ENFIN... ON NE POUVAIT PAS L'ABANDONNER COMME ÇA !

JE VOUS PRÉVIENS, DÈS QU'ON ATTEINT L'AUTRE RIVE...
J'APPELLE LE VAISSEAU-RELAIS POUR QUE SES PETITS COPAINS VIENNENT LE CHERCHER !
DITES... J'AI SUPER FAIM... ET SOIF, AUSSI !
VOUS CROYEZ QU'IL Y A UN WAGON-RESTAURANT ?
JE NE VOIS QUASIMENT QUE DES WAGONS DE MARCHANDISES...
MAIS ON DIRAIT QU'ILS ONT UNE VOITURE POUR VOYAGEURS À L'AVANT !
BON...
ALLONS VOIR !
JE RESTE M'OCCUPER DE LA VOITURE !
OK, JE COMPTE SUR TOI !
GARDE UN ŒIL SUR LE CANARD, D'ACCORD ?

JE NE TROUVE AUCUN PARTICIPANT DU NOM DE F. WRENCH !
MOI NON PLUS !
ON A JUSTE UNE VOITURE...
QUI NE CORRESPOND PAS AUX INFOS DE LA FICHE D'INSCRIPTION ...

TRIGGER F. THROTTLE DU TAYADA-OUEST...
IL PILOTE UN TRACTEUR MODIFIÉ ALORS QU'IL S'ÉTAIT INSCRIT AVEC UNE VIEILLE HOSE 2000...
ET IL DEVAIT CONCOURIR SEUL, MAIS D'APRÈS LES VIDÉOS...
IL EST ACCOMPAGNÉ DE DEUX FEMMES ET D'UN JEUNE GARÇON !
UN GARÇON ?

DZZZ
?!
フィイイイ…ン DZZZ
C'EST QUOI, CETTE PIÈCE ?
ELLE TOURNE EN-CORE ALORS QUE LE MO-TEUR EST ARRÊTÉ...
JE N'AI PAS LE SOUVE-NIR D'AVOIR TOUCHÉ À CE MÉCA-NISME...
IL NE DEVAIT PAS ÊTRE ACTIF AVANT LE DÉPART...
CE QUI VEUT DIRE...
QU'IL S'EST MIS EN MARCHE...
QUAND J'AI MIS LE CONTACT POUR LA PREMIÈRE FOIS ?
DZZZ

JE NE SAIS PAS À QUOI SERT CE DISPOSITIF...
MAIS C'EST SÛREMENT...
PAPA QUI L'A INSTALLÉ !
LE POINT DE DÉPART DE LA COURSE, C'ÉTAIT OÙ, DÉJÀ ?

TSS... ENCORE DES MARCHANDISES !
BROM
ELLE EST LOIN, CETTE VOITURE PASSAGERS !
REMERCIONS LA PROVIDENCE, C'EST COMME ÇA QU'ON A PU EMBARQUER SANS ÊTRE REPÉRÉS !
JE VOUS RAPPELLE ...
QUE CE N'EST PAS TROP LE MOMENT DE SE RELÂCHER !
POURQUOI ELLE EST AUSSI SÉRIEUSE, TOUT À COUP ?!
C'EST SÛREMENT SON CHOC À LA TÊTE !
C'EST PAS BIENTÔT FINI, LES RÉFLEXIONS IDIOTES ?!

VOUS AVEZ DÉJÀ OUBLIÉ...
L'AVERTISSEMENT DE CALICO ?
ELLE A DIT QUE L'ARMÉE DE DICE COMPLOTAIT QUELQUE CHOSE...
ET QU'ILS NOUS AVAIENT DANS LE COLLIMATEUR !
ILS S'EN SONT DÉJÀ PRIS À NOUS, D'AILLEURS !
ON DOIT RESTER VIGILANTS EN PERMANENCE...
ガラ
CRRR
ガラ
COMP...

L'ARMÉE IMPÉRIALE DE DICE !
UN ESCADRON ENTIER !!
...

TCHAC
OUPS ! JE VOUS AI FAIT PEUR !
PAF
DÉGAGEZ LE PASSAGE, IL Y A DES CIVILS QUI TRAVERSENT !
À VOS ORDRES !
...
D... D... DÉSOLÉS...
FRSH
FRSH
POUR LE DÉRANGEMENT !
MAIS... MAIS IL N'Y A PAS DE WAGON-RESTAURANT, EN FAIT !
VSH
BON, BAH... ON VA VOUS LAISSER, HEIN ?!
UNE PETITE MINUTE !

POF
TAC
FRSH
PLOF
CLING
TIENS, MA JOLIE !
CE SONT DES RATIONS DE SURVIE !
JE TE LES OFFRE ...
POUR UN CANON COMME TOI, JE FERAIS N'IMPORTE QUOI !

EUH… MERCI …
C'EST VRAIMENT GENTIL À VOUS !
TAP
TAP
TAP
VLAM
PFIOU… ON A EU CHAUD !
ILS N'ONT PAS L'AIR D'AVOIR REMARQUÉ QU'ON PARTICIPAIT À LA RDB !
J'AI L'IMPRESSION QUE C'EST LA PREMIÈRE FOIS…
QU'ON ME FAIT UN COMPLIMENT DEPUIS LE DÉBUT DE CETTE COURSE !
NAH…
REDESCENDS SUR TERRE !

...
QU'EST-CE QUI S'EST PASSÉ ?
LA VOITURE VOYAGEURS...
GROUILLE DE SOLDATS DE DICE !
TING
VSH

FRSH
オロ オロ
TAP ワタ
TAP ワタ
BROM
BROM
ス
FSH
ATTENDS ! ATTENDS !
PLOF
PAS DE PRÉCIPITATION !
ARRÊTE DE GESTICULER !
ON NE CAPTE RIEN !
ET SI ...
TU COMMENÇAIS PAR ENLEVER TON MASQUE ?

ぱ
あっ
VSH
C'EST UNE GAMINE...
QUI JOUE NITRODUCK ?!
!
...

SHIT ! JE LES RETIENS, CES EMPAFFÉS DE MILITAIRES...
SÉRIEUX, ILS COM-MENCENT À ME LES BRISER !
...
PARDON ?

COLONEL !
ON A REÇU LE DOSSIER ...
DE VOLVER F. WRENCH, L'INGÉNIEUR RESPONSABLE D'ATLAS !
HMM ...
ORIGINAIRE DU VILLAGE DE SÉVILÉO, DANS L'ÉTAT DU MATALAÏ ...
LE POINT DE DÉPART DE LA RDB...
BINGO !
BARREL
TAC

VOTRE EXCELLENCE ...
ON A IDENTIFIÉ LA SOURCE DU PROBLÈME !
OH ! BEAU TRAVAIL, COLONEL !
JE VOUS ÉCOUTE !
L'INGÉNIEUR QUI S'EST OCCUPÉ DU LANCEMENT D'ATLAS...
EST MORT IL Y A PLUSIEURS ANNÉES DÉJÀ...
VOLVER F. WRENCH...
MAIS IL AVAIT UN FILS !

À PARTIR DE LÀ ...
CE N'EST QU'UNE INTUITION, MAIS VOICI CE QUE JE PENSE...
APRÈS AVOIR APPRIS LA VÉRITÉ SUR ATLAS...
IL REGRETTAIT AMÈREMENT D'AVOIR COL-LABORÉ AVEC NOUS...
IL A ALORS ABANDONNÉ LA CONSTRUCTION ...
DU DISPOSITIF DE CONTRÔLE QUE NOUS LUI AVIONS COM-MANDÉ...
POUR FABRIQUER ...
UN APPAREIL DESTINÉ À BROUILLER NOS TRANSMISSIONS SATELLITE !

LORSQUE JE L'AI TUÉ AFIN DE LE RÉDUIRE AU SILENCE...
ET DE LE CHÂTIER D'AVOIR OSÉ SE REBELLER CONTRE NOUS...
IL AVAIT DÉJÀ TERMINÉ CE FAMEUX DISPOSITIF !
SIMPLEMENT, POUR NE PAS NOUS METTRE LA PUCE À L'OREILLE...
IL NE L'AVAIT JAMAIS ACTIVÉ...
ET L'AVAIT CAMOUFLÉ ...
DANS QUELQUE CHOSE QUI NE SERAIT PAS DÉTRUIT EN CAS D'INCENDIE...

QUELQUE CHOSE...
QUE QUELQU'UN POURRAIT METTRE EN ROUTE À SA PLACE DANS UN AVENIR PROCHE !

LE PROJET ATLAS NÉCESSITE DE FAIRE TIRER NOTRE CANON ORBITAL...
SUR UNE VILLE OÙ A LIEU UN ÉVÉNEMENT SUIVI À L'ÉCHELLE MONDIALE...
AFIN DE FAIRE LA DÉMONSTRATION DE NOTRE PUISSANCE MILITAIRE À TOUTES LES NATIONS D'UN SEUL COUP !
TANDIS QU'ON METTAIT MINUTIEUSEMENT CE PLAN EN PLACE...
LE DISPOSITIF AUSSI ATTENDAIT SON HEURE...
ET JUSTE AU MOMENT ...
OÙ NOUS AVIONS ENFIN TOUT ORGANISÉ...
ET OÙ NOUS TENIONS LA CIBLE IDÉALE, LE POINT D'ARRIVÉE D'UN RALLYE QUI RÉUNIT DES PILOTES DE TOUS LES PAYS...

ACTIVÉ LE JOUR DU DÉPART DE LA COURSE...
IL S'EST MIS À INTERFÉRER AVEC NOS TRANSMISSIONS SATELLITE...
PAR LE FILS DE VOLVER...
BARREL F. WRENCH !

C'EST TROP GROS POUR ÊTRE UNE SIMPLE COÏNCIDENCE...
TOUT SE TIENT !
VOUS ÊTES BIEN SÛR DE VOUS...
COLONEL "HUNCH READER" LUGER ...
DU PREMIER ESCADRON ÉTOILE ?
AUJOURD'HUI, MON INTUITION ...
EST AIGUISÉE COMME UNE LAME DE RASOIR !

FRSH
BON SANG...
DIRE QUE JE ME SUIS DONNÉ UN MAL DE CHIEN...
POUR ÉCHAPPER À CES FUMIERS... J'AI CRU QUE J'ALLAIS CREVER DE TROUILLE !
ET COMME PAR HASARD, ILS OCCUPENT AUSSI CE TRAIN POURRI...
ELLE A... SON FRANC-PARLER, HEIN ?
LE CONTRASTE EST ASSEZ VIOLENT...

!
DIS-MOI, CRÂNE D'ŒUF...
C...
ARGH !
CRÂNE D'ŒUF ?!
TOI ET LES AUTRES TRONCHES DE CAKE ...
VOUS PARTICIPEZ À LA RDB ?
OUAIS ...
ET ALORS ?

JE M'APPELLE BERETTA ...
S'IL VOUS PLAÎT ...
EMMENEZ-MOI À LOSDON !
MAIS ...
NITRODUCK EST LA MASCOTTE DE LA COURSE !
POURQUOI TU NE DEMANDES PAS AUX GARS DU VAISSEAU-RELAIS DE VENIR TE CHERCHER ?
TU N'AS QU'À LES APPELER QUAND ON SERA SUR L'AUTRE RIVE !
IMPOSSIBLE...
TRONCHE DE PORC-ÉPIC !
DIS DONC...
QUI TU TRAITES DE PORC-ÉPIC ?!

JE NE PEUX PLUS RETOURNER SUR LE DIRIGEABLE !
JE VOUS EN PRIE, AIDEZ-MOI, BANDE DE NAZES !!
C'EST COMME ÇA QUE TU DEMANDES DES SERVICES AUX GENS ?!
SI JE N'ARRIVE PAS À LOSDON À TEMPS...
ON VA ÊTRE DANS UN SACRÉ PÉTRIN...
POURQUOI ?
QU'EST-CE QUE TU VAS FAIRE LÀ-BAS ?

JE DOIS ARRÊTER ...
MON CRÉTIN DE DADDY...

AVIS À TOUS LES ESCADRONS ...
ON A IDENTIFIÉ LE VÉHICULE !
POF
DÉTRUISEZ-LE...
IMMÉDIATEMENT !
TRILILI
TRILILI

!
OZZ
OZZ
OZZ
SCRITCH
SER-GENT HECK-LER...
UN MES-SAGE DU COLONEL LUGER !
TIENS ?
ENCORE UN APPEL DE ROU-TINE ?
MOI, J'IRAIS BIEN...
TAPER LA DISCUTE AVEC LA NANA DE TOUT À L'HEURE !
MAIN-TENANT QUE J'Y PENSE...
IL NE DE-VRAIT PAS Y AVOIR DE WAGON PAS-SAGERS À L'ARRIÈRE ...
!
ON DIRAIT QUE JE VAIS BIENTÔT LA REVOIR, EN FAIT !
HÉ HÉ !

LIEU-TENANT MERKEL !
LE PREMIER ESCADRON ÉTOILE A IDENTIFIÉ LA CIBLE !
FOUAAA AH...
OÙ... ON EST ?
SUR LA MER DE LOKDENA ...
À 58 KILOMÈTRES DES CÔTES !
LE CINQUIÈME ESCADRON ÉTOILE EST À BORD DU TRAIN INTERCONTINENTAL...
ET ON A APPRIS QUE LE FERRY DE LA RDB AVAIT QUITTÉ ATCAN BAY TOUT À L'HEURE...
JE VOIS ...
DANS CE CAS ...
SCRATCH

BRR
BRR
BRR
BRR
C'ÉTAIT LUIII !!
COMMENT JE POURRAIS EXPLIQUER ÇA ?!
"ALORS EN FAIT, ON L'A DÉJÀ CROISÉ AU NISANGA ROCK, MAIS VOILÀ, ON A DÛ LE LAISSER PARTIR..."
NON, JE NE PEUX PAS DIRE UN TRUC PAREIL !!
AARGH!
UN PRO-BLÈME ?
GH... NON, NON, AUCUN !
FSH
TCHAC
CLIC

OUI...
C'EST MOI...
EXACT...
ON L'A IDENTIFIÉ !
?!

OUI...
TOUT VA BIEN !
ON VA CHERCHER PAR LÀ AUSSI !
MAIS À QUI ...
ET DE QUOI IL PARLE ?!
AH OUI ...
TU N'ES PAS AU COURANT ...
D'AC-CORD !
À LA PROCHAINE !
MON COLO-NEL...
AH, TU ÉTAIS LÀ...
BON... PAS LE CHOIX ...

SERGENT HAENEL, C'EST ÇA ?
TU ES ARRIVÉ ICI AU BON MOMENT ! NOS SORTS SONT LIÉS, MAINTENANT...
LA CHANCE EST AVEC TOI !
JE VAIS TE RÉVÉLER LA VÉRITABLE NATURE...
DU PROJET ATLAS !

#32 DADDY

CETTE ARMÉE DE MES DEUX VEUT OUVRIR LE FEU SUR LOSDON LE DERNIER JOUR DE LA RDB...
AVEC LE CANON ORBITAL QU'ILS ONT ENVOYÉ DANS L'ESPACE IL Y A HUIT ANS !
SI ON NE MET PAS AU PLUS VITE UN TERME À CETTE FOUTUE COURSE POUR DISPERSER TOUS LES MOUS DU BULBE RASSEMBLÉS À LOSDON...
ÇA VA TOURNER AU CARNAGE !
ALORS... CE QUE RACONTAIT CALICO...
C'ÉTAIT DU SÉRIEUX ?!
CES ENFOIRÉS DE MILITAIRES SAVENT TRÈS BIEN...
QUE MON DADDY EST PÉTÉ DE THUNES...
ET QU'IL ATTACHE BEAUCOUP D'IMPORTANCE AU FAIT D'ÊTRE NUMÉRO UN...

QUAND IL A APPRIS QUE L'EMPIRE DE DICE ALLAIT LANCER LE PREMIER SATELLITE ARTIFICIEL DE LA PLANÈTE, IL S'EST EMPRESSÉ DE FINANCER LE PROJET...
ET IL A AUSSI ACCEPTÉ AVEC JOIE D'ORGANISER LA PREMIÈRE COURSE INTER-CONTINENTALE DU MONDE !
IL S'EST FAIT BLOUSER PAR CETTE BANDE DE RATS...
ILS LUI ONT BIEN BOURRÉ LE MOU...
ET SI JE NE LE PRÉVIENS PAS...
IL VA Y PASSER AVEC TOUS LES HABITANTS DE LOSDON !

ATTENDS UNE SE-CONDE...
TON PÈRE EST L'ORGANISA-TEUR DE LA RDB ?
MAIS ALORS C'EST...
M. BREDA ...
N...
NUMBER ONEDER-FUL ?!
J'Y CROIS PAS...
C'EST DINGUE ...
TU ES ...
SA FILLE ?!

OUAH, C'EST GÉNIAL !!
JE SUIS SUPER MÉGA FAN DE TON PÈRE !!
LA FILLE DE LA PERSONNE QUE J'ADMIRE LE PLUS AU MONDE !
JE T'IMAGINAIS PLUS DISTINGUÉE...
EH LÀ ! MINUTE, MINUTE !
PLOF
SI LA SITUATION EST SI GRAVE QUE ÇA, QU'EST-CE QUE TU ATTENDS POUR LE PRÉVENIR ?!
TU PEUX QUAND MÊME LUI PASSER UN COUP DE FIL, NON ?!
JE N'ARRIVE PAS À LE JOINDRE !
ON NE ME LE PASSE JAMAIS QUAND JE L'APPELLE À SON BUREAU !
C'EST POUR ÇA ...
QUE JE SUIS OBLIGÉE D'ALLER LE VOIR EN PERSONNE !
MAIS COMMENT EST-CE QUE TU ES AU COURANT...
DES PROJETS TOP SECRET DE L'ARMÉE ?

AU DÉBUT DE LA COURSE...
JE SÉJOURNAIS À LOSDON...
AVEC MES PARENTS...
MAIS MA MOMMY...
A SURPRIS PAR HASARD UNE CONVERSATION ENTRE DES MILITAIRES...
L'ARMÉE IMPÉRIALE DE DICE...
VA RAYER LOSDON DE LA CARTE ?

J'IGNORE DE QUOI IL RETOURNE EXACTEMENT...
JE VAIS ESSAYER D'EN PARLER À TON PÈRE !
BERETTA, AU CAS OÙ IL ARRIVE QUELQUE CHOSE ...
JE VEUX QUE TU AILLES TE METTRE À L'ABRI CHEZ GRAND-MÈRE, DANS LE KAREISHU !
MAIS ...
DING
DONG
ALLEZ, MONTE !
ET SURTOUT, NE PARLE DE ÇA À PERSONNE !
LE TRAIN EXPRESS EN DIRECTION DE KOKINWAKASHU VA PARTIR...
BROM
ÉLOIGNEZ-VOUS DE LA BORDURE DU QUAI !
GRII

MADAME BREDA...
FSH
ちゃ
きっ
VEUILLEZ NOUS SUIVRE, S'IL VOUS PLAÎT !
NOON !
BROM
BROM
BROM
MOMMY !

JE SUIS DESCENDUE EN COURS DE ROUTE...
POUR RETOURNER À LOSDON...
ET JE SUIS TOMBÉE PAR HASARD...
SUR LE VAISSEAU-RELAIS EN PLEIN RAVITAILLEMENT...
RdB
ALORS JE SUIS MONTÉE À BORD EN ME FAISANT PASSER POUR DUCK...
MAIS COMME CES MAUDITS MILITAIRES ONT DÉBARQUÉ, J'AI DÛ SAUTER DE L'APPAREIL EN PLEIN VOL !
VOILÀ, VOUS SAVEZ TOUT, MAINTENANT...
JE VOUS EN PRIE, EMMENEZ-MOI À LOSDON !

ATTENDS !
D'APRÈS CALICO...
IL Y AURAIT UNE CAISSE QUI BROUILLERAIT LES TRANSMISSIONS DE L'ARMÉE DE DICE...
MAIS OUI !
ET C'EST POUR ÇA QUE SES SOL-DATS...
RÉDUISENT EN MIETTES TOUS LES VÉHICULES QUI PARTICIPENT À LA RDB !
C'EST AUSSI CE QUE MOMMY M'A DIT !
CETTE VOITURE EST NOTRE SEUL ESPOIR !
SAUF QUE CES FUMIERS...
L'ONT DÉJÀ IDENTIFIÉE... ILS CONNAISSENT MÊME LE NOM DE SON PROPRIÉ-TAIRE...

F. WRENCH
!
EUH...
C'EST MOI, BARREL F. WRENCH...
BARREL
QUOI ?!

CE QUI SIGNIFIE QUE...
LA BAGNOLE QUE L'ARMÉE RECHERCHE ...
CELLE QUI PEUT PARASITER LES TRANSMISSIONS SATELLITE...
C'EST LA NÔTRE ?!

CRAC
OUAIS ! C'EST CETTE CAISSE !
JACKPOT !
!
LES SOLDATS ?!

DÉFIER L'INVINCIBLE ARMÉE DE DICE, FAUT LE FAIRE...
VOUS NE MANQUEZ PAS DE CRAN, LES GARS !
SUR UN PONT AU BEAU MILIEU DE LA FLOTTE ...
VOUS N'AVEZ PAS D'ÉCHAPPATOIRE !
RENDEZ-VOUS !
J'ÉPARGNERAI ...
JUSTE LA DEMOISELLE !
VIENS PAR LÀ CHÉRIE !
LES AUTRES, C'EST COMME VOUS VOULEZ !
VOUS POUVEZ VOUS JETER À LA MER...
OU FINIR TRANSFORMÉS EN PASSOIRE AVEC VOTRE TACOT, AU CHOIX !

TIENS ?!
MAIS...
C'EST LA FILLE DE BREDA !
ARREL
HA HA !
C'EST LÀ QUE TU TE PLANQUAIS ?
ON A JUSTEMENT ORDRE DE TE RETROUVER...
TU TOMBES À PIC !
JE CHOPE LA MISS, JE RÉCUPÈRE LA GAMINE ET JE DÉMOLIS LA BAGNOLE !
D'UNE PIERRE TROIS COUPS, NIARK !
EH !
ÇA, C'EST MA RÉPLIQUE, OK ?!

JE NE SUIS PAS DU GENRE PATIENT...
ALORS MAGNEZ-VOUS !
POF
VOUS VOULEZ UN COMPTE À REBOURS ?

...
PSST
À MON SIGNAL, SAUTEZ DANS LA VOITURE !
PSST
TU COMPTES FAIRE QUOI ?
C'EST DE LA FOLIE ...
C'EST SANS ESPOIR ...
TOUT IRA BIEN ...
JE VAIS TROUVER UNE SOLUTION !

PLOF
PLOF
FSH
MADEMOISELLE CYLINDER ?!
ESPÈCE DE...
JE SUIS ...
VRAIMENT DÉSOLÉE !
CYLINDER...
T'ES UNE MALIGNE, TOI !
DONNE-MOI LA MAIN !

VSH
NAVRÉE !
ON VA DEVOIR SE SERRER LA CEINTURE ENCORE UN MOMENT !!
PLAF
?!
MAINTENANT !
VSH
CRIII
VROUM

ALORS, ON FAIT QUOI ?!
TCHAC
ÇA !!
PLAF
TCHAC
UNE MARCHE ARRIÈRE ?!
VRRR

BAM
BAM
VSH
VSH
VROOOM
CETTE VOITURE EST UN SOUVENIR DE MON PÈRE...
LE DESTIN DE NUMBER ONEDERFUL ET DES HABITANTS DE LOSDON...
GH...

AAAAAH !
BAM
VSH
REPOSE SUR ELLE ...
JE NE VOUS LAISSERAI MÊME PAS L'ÉRAFLER !

UN LANCE-RONDINS ?!
C'EST N'IMPORTE QUOI...
TRIGGER !
DÉTACHE LE WAGON AVANT QU'ON SOIT À COURT DE TRONCS !!
COMPRIS !
TCHAC
ENFOIRÉ ...
TCHAC
SERGENT, ATTENTION !
VSH
VSH
BAM
BAM
REPLIEZ-VOUS !

HA HA HA !
INTÉRES-SANT...
VOUS ME FAITES MARRER ! HÉ HÉ HÉ !
RATATATATA
C'EST DÉ-CIDÉ, JE VAIS TOUS VOUS BUTER !
MOUAH HA HA HA HA HA !!
TCHAC

JE LES ÉLIMINE TOUT DE SUITE ! HA HA HA !
COLONEL LUGER, JE LES AI TROUVÉS !
ILS SONT À BORD DU GEMBANI EX-PRESS, SUR LA MER DE LOKDENA !
C'EST ÇA...
LE VÉRITABLE PROJET ATLAS ?

OUI ...
MOTUS ET BOUCHE COUSUE, HEIN !
QUAND MÊME...
J'AI TELLEMENT DE FLAIR QUE C'EN EST EFFRAYANT !
VOUS VOUS RENDEZ COMPTE ? ON SE TROUVE JUSTE AU-DESSUS DE LA CIBLE !
ON EST AUX PREMIÈRES LOGES...
POUR ASSISTER À LA DISPARITION...
DE CES GÊNEURS !

PLOF
TAP

MAINTENANT QUE TU SAIS TOUT...
TU N'AS QUE DEUX OPTIONS POSSIBLES...
COLLABORER ...
OU MOURIR !

GH ...
あっ
VLAN
RAAAAH!
BANG

SPROTCH
TCHAC
GH...
ARGH...
BAM
BAM
PAF
CLONG
WOOSH

EN FIN DE COMPTE ...
TU ES TROP BÊTE POUR JAMAIS DÉPASSER LE GRADE DE SERGENT !
AAAAAAAAAAH ...
AAAAAAH !
OI
CRII

TRIG-GER !
ÇA Y EST ?!
CRII
ENCORE ...
FSH
CRII
DEUX SECONDES... BON SANG !
DÉPÊCHE !
ON VA BIENTÔT MANQUER DE MUNI-TIONS !
CRII
VSH
VSH
JE SAIS !

ÇA FAISAIT LONG-TEMPS QUE JE NE M'ÉTAIS PAS FENDU LA POIRE COMME ÇA !
LAISSE-MOI...

TE REMERCIER ...
D'UNE BALLE DANS LA TÊTE !
キリ…
CRR

PAF
HEIN ?!
FLAP
AAAAAAAAAAAH !

PLAF
AAAH...
AIIIEEE!
PLIC
BRRF

LE MANIAQUE DE L'EXPLOSIF ?!
HAENEL !
TU VIENS EN RENFORT ?
EH OH ! JE SUIS LÀ !!
JE TE PRÉVIENS, HORS DE QUESTION QUE JE PARTAGE MA PROIE !

JE NE LAISSERAI JAMAIS FAIRE...
UNE CHOSE PAREILLE !
TCHAC
JE PROTÉ-GERAI CETTE VOITURE...
COÛTE QUE COÛTE !

RUN day BURST

ラン・デイ・バースト

#33 FOOL

T'AS PÉTÉ UN PLOMB, HAENEL ?
TU NE VEUX MÊME PAS ME CHIPER MA PROIE...
TU VEUX LA "PROTÉGER" ?
JE N'AI PAS LE TEMPS DE T'EXPLIQUER EN DÉTAIL...
MAIS JE N'AI PAS LE CHOIX !
DEMI-TOUR DROITE, ET MARCHE !
SINON JE T'ABATS AVEC LES AUTRES !
ON EST DES FRÈRES D'ARMES ...
JE N'AI AUCUNE ENVIE DE ME BATTRE CONTRE TOI...
FAIS-MOI CONFIANCE ET RENGAINE TON ARME !

TCHAC
ABRUTI ! TU TE FICHES DE MOI ?!
VSH
LÂCHE TON ARME, JE TE DIS, ESPÈCE DE TÊTE DE MULE !!

BANG
BANG
RATATATATA
CLING
TCHAC
BANG
BANG
BANG

FSH
GH...
YAAAAAAAAAH !
PLAF
BAM
QU...
QU'EST-CE QUI SE PASSE ?!
COMMENT TU VEUX QUE JE LE SACHE ?!

CRR
LA PERSONNE QUE JE RESPECTE LE PLUS AU MONDE...
DISAIT TOUJOURS ...
"SI TU ES UN HOMME..."
"DEVIENS LE NUMÉRO UN !"

MES PARENTS SONT MORTS QUAND J'ÉTAIS PETIT, EMPORTÉS PAR UNE GUERRE LORS D'UN VOYAGE...
J'ÉTAIS SANS LE SOU...
ET PAS TRÈS FUTÉ ...
JE SUIS ENTRÉ DANS L'ARMÉE...
JE PENSAIS DEVENIR LE NUMÉRO UN ...
BÂTIR L'ARMÉE LA PLUS PUISSANTE DE LA PLA-NÈTE...
AFIN QU'AU-CUN PAYS NE PUISSE NOUS ATTEINDRE...
ET METTRE AINSI UN TERME AUX CONFLITS !
SÉRIEUX ?!

IMBÉCILE !
PAF
COMMENT TU VEUX METTRE FIN À LA GUERRE DE CETTE FAÇON ?!
LES ABRUTIS DANS TON GENRE...
TCHAC
RATATATA
NE SONT QUE DES PIONS QU'ON JETTE APRÈS USAGE !
VSH
CLIC
FAIS TES PRIÈRES
CETTE FOIS, TON COMPTE EST BON !

SI JE SUIS UN PION...
TOI, TU N'ES QU'UN CHIEN D'ATTAQUE QU'ON ENVOIE AU CASSE-PIPE !
!
QUOI ?!
J'AI APPRIS EN QUOI CONSISTAIT VRAIMENT...
LE PROJET ATLAS !

RUN day BU
NO1 DERFUL
CRITCH
DIS-MOI, PETIT...
CHUCKY !
HA HA HA !
MAIS OUI !
COMMENT TU T'APPELLES ?
APRÈS, C'EST MON TOUR !
JE PEUX VOUS SERRER LA MAIN ?!
FSH
JE N'EN ATTENDAIS PAS MOINS DE NUMBER ONEDER-FUL...
L'HOMME DONT LE NOM RÉSONNE DANS LES ESPRITS ...
TAP
PAR-DELÀ LES FRON-TIÈRES ET LES GÉNÉ-RATIONS...

LE PLUS GRAND SUPER-HÉROS DU MONDE !
VOUS ME FLATTEZ...
VOTRE EXCELLENCE !
QUEL CHARISME ÉPOUSTOUFLANT !
JE VOUS ENVIE !
C'EST TROP D'HONNEUR...
DE LA PART DU GÉNÉRAL EN CHEF DE L'ARMÉE DE DICE !

DE PLUS EN PLUS DE GENS ARRIVENT À LOSDON...
AU FUR ET À MESURE QUE LE PELOTON DE TÊTE SE RAPPROCHE ...
CE FESTIVAL RESTERA DANS LES ANNALES...
COMME LE PLUS GRAN-DIOSE DE TOUS LES TEMPS !
J'AI HÂTE D'ÊTRE AU DERNIER JOUR DE LA COURSE !
MOI AUSSI !

TU DEVRAIS TE RÉJOUIR QU'ON FASSE LA DÉMONSTRATION DE NOTRE PUISSANCE...
CE SERA L'AVÈNEMENT DE L'ARMÉE LA PLUS FORTE DE L'UNIVERS, COMME DANS TES RÊVES DÉBILES !!
CRRR
SAUF QUE ÇA NE S'ARRÊTE PAS LÀ !
ÇA, CE N'EST QUE LA PREMIÈRE ÉTAPE...
VIOUUU
IL Y A UNE SUITE !

BOUM
?!

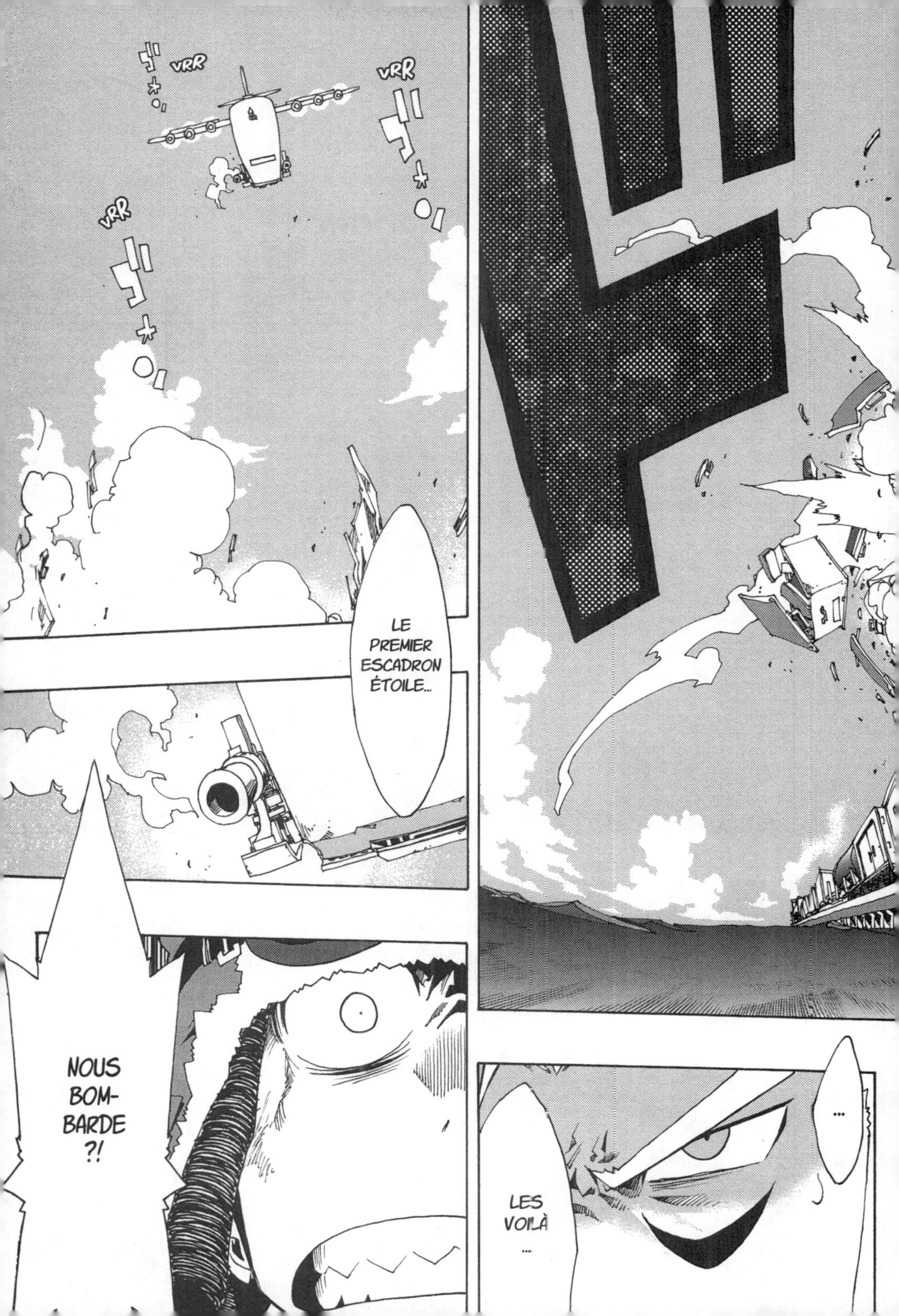
vRR
vRR
vRR
LE PREMIER ESCADRON ÉTOILE...
NOUS BOM-BARDE ?!
...
LES VOILÀ ...

BON SANG !
QU'EST-CE QUI LEUR PREND ?!
COLONEL LUGER !
ICI LE SERGENT HECKLER !
JE VOUS AI BIEN PRÉVENU QU'ON ÉTAIT À BORD DE CE TRAIN ?!
J'AI LA CIBLE EN LIGNE DE MIRE, JE VAIS L'EXTERMINER EN MOINS DE DEUX !!
CLONG
NE TIREZ PAS !
VOUS RISQUEZ DE NOUS TOUCHER !!
FEU !
BANG

BOUM
MAIS ...
POUR-QUOI ?!

JE TE L'AI DIT ...
ILS NOUS ONT ABAN-DONNÉS !
ILS NOUS ONT BIEN ROULÉS ! ON S'EST FAIT AVOIR COMME DES BLEUS...
IL FAUT À TOUT PRIX EMPÊCHER LE LANCEMENT DU PROJET ATLAS...
ON DOIT PROTÉGER CETTE VOITURE JUSQU'À LA MORT !
L'AVENIR DU MONDE ENTIER...
REPOSE SUR ELLE !

BANG
SPLASH
OUH LÀ...
C'EST PAS PASSÉ LOIN !
!
NON !
BROM
S'ILS AT-TEIGNENT CETTE CITERNE, ON EST FOUTUS !
JETEZ LES RON-DINS ET LA CARGAISON À LA MER !
IL FAUT FAIRE AVAN-CER CETTE BAGNOLE, NE SERAIT-CE QUE D'UN MÈTRE !!

QU'UN GROUPE AILLE DANS LA SALLE DES MACHINES POUR AUGMENTER LA VITESSE !
POUSSEZ LE CONVOI À FOND !!
À... À VOS ORDRES !
BROM
DIS DONC !
CE SONT MES HOMMES, PATATE !
PLOF
TU CROIS QUE C'EST LE MOMENT DE PINAILLER ?!
C'EST QUOI, D'ABORD ...
LE VÉRITABLE PROJET ATLAS ?

SPLASH
TCHOU
TCHOU
TCHOU
!
LA CÔTE EST EN VUE !
PLOUF

BOUM
TAR
LE WAGON DE DERRIÈRE !
TOUT EST PRÊT, SERGENT !
BIEN !
AVANCEZ, VOUS AUTRES !!
DÈS QU'ON EST ASSEZ PROCHES DU RIVAGE, ÉLANCEZ-VOUS PLEINS GAZ !
CLONG
POF
ON VOUS POUSSERA EN MÊME TEMPS !!

FSH
ON N'AURA PAS DE DEUXIÈME ESSAI...
NE VOUS PLANTEZ PAS !
ET VOUS ...
VOUS ALLEZ FAIRE COMMENT ?!
OCCUPE-TOI PLUTÔT DE TON CAS !
DÈS QUE VOUS SEREZ DESCENDUS, LES AUTRES VONT VOUS COLLER AU TRAIN !

PROMETTEZ-MOI JUSTE UNE CHOSE...
VOUS DEVEZ FINIR PREMIERS, OK ?!

VSH
HECKLER, VIENS NOUS AIDER À POUSSER !
PAS QUESTION !
PLAF
C'EST BON...
TU PEUX LES GARDER !
MOI, JE VAIS FAIRE...
CE QUE J'AI À FAIRE...
TCHAC

JE M'EN VOUDRAIS DE NE PAS MORDRE...
LA MAIN DU MAÎTRE QUI M'A TRAHI !
ON APPROCHE DU RIVAGE !
METTEZ LA GOMME !!
BONNE CHANCE, GORILLE À ROUFLAQUETTES !!
QUI TU TRAITES ...
DE GORILLE À ROUFLAQUETTES ?

TCHAC
JE SUIS LE SERGENT "SMILING GUNDOG" HECKLER !
VLAM
JE SUIS LE SERGENT HAENEL, CHEF DES "DÉTONANTS DYNAMITEURS DÉLINQUANTS" !!!
FEU !

BANG
PRENEZ ÇA !
RATA
TA
TA
TA
TSS...
D'ICI, IMPOSSIBLE DE LES AT-TEINDRE...
TA BÊTISE A DÉTEINT SUR MOI !

TU ES VRAIMENT —
L'ABRUTI NUMÉRO UN DE L'ARMÉE DE DICE !
VSH
LE NUMÉRO UN ?
ÇA ME VA...
MON RÊVE S'EST RÉALISÉ, ALORS !

BOUM

RUN day BURST

ラン・デイ・バースト

#34 HERO

CRIII
PAF
...
VSH
FRSH
EH BEN... ILS NE RIGOLENT PAS...
GANG
ÇA CRAINT !!

CRIII
BON SANG ! ON A RÉUSSI À ATTEINDRE LA RIVE...
MAIS NOTRE SITUATION NE S'AMÉLIORE PAS POUR AUTANT !!
SCRATCH
IL ME SEMBLE... QU'IL DEVRAIT Y AVOIR UNE VIEILLE MINE DE CHARBON DERRIÈRE LA PLAGE !!
ILS NE POURRONT PAS NOUS SUIVRE LÀ-DEDANS !
OK, ON Y VA !
?!

TADAM
TIENS, TIENS...
ON A L'AIR DE BIEN S'AMUSER, PAR ICI !
C'EST PAS VRAI !!
ON EST PRIS EN TENAILLES !
ON A BIEN FAIT DE VOUS DEVANCER !
CRAC
BON...

BRAOUM
QUI...
CRIII
QRAC
HEIN ?
?!

JUSTE À TEMPS !

BAM
CALICO ?!
JE M'OCCUPE D'EUX !
PARTEZ !
Y A PAS À DIRE, TU AS VRAIMENT LE SENS DU TIMING !
VRRR

VSH
JE SAIS TOUT... J'AI INTERCEPTÉ LES COMMUNICATIONS RADIO DE L'ARMÉE GRÂCE À UN APPAREIL D'ÉCOUTE DE PAPA !
JE TE PROTÉGERAI QUOI QU'IL ARRIVE, TRIGGER...
ALORS REMPORTE CETTE COURSE !

CLONG
VIOUUU
BOUM
BOUM
GH...
MON COLONEL ! UN ÉCRAN DE FUMÉE !
ÉMU ?
CARRÉMENT, BABY !!

JE T'AIME ...
CRIII !!
CALICO !!
PSHHH
POUF

TCHAC TAC VSH TCHAC VSH TAC TCHAC VSH TAC
ALORS LÀ...
ばっ
FRSH
J'AI LES NERFS !
CRAC CRAC CRAC
ON SE REVERRA TOUTES LES NUITS ...
JE VAIS TE FAIRE GOÛTER ...
AU MENU SPÉCIAL DE MERKEL "SLEEPWALKER" !
DANS TES CAUCHEMARS !

JE NE ...
RÊVE JAMAIS !
...
QUOI ?
ET POURTANT...
MON RÊVE ...
S'EST RÉALISÉ !

ボ
ウ
WOOSH
...
ON A...
PERDU LA CIBLE DE VUE...
BANG
ET VOUS PRÉTENDEZ APPARTENIR À L'INVINCIBLE ARMÉE DE DICE, BANDE DE CLOPORTES ?!
JE SUIS ENTOURÉ D'INCAPABLES !

FIN DES OPÉRATIONS SECRÈTES !
MOBILISEZ TOUTES LES TROUPES ! JE VEUX QU'ELLES SE LANCENT SUR-LE-CHAMP À LA RECHERCHE DE LA CIBLE...
ÉTABLISSEZ UN BARRAGE LE LONG DE LA FRONTIÈRE EST DE LOSDON ET POSEZ DES MINES DANS TOUT LE SECTEUR !
VOUS ÊTES SÛR...
QUE C'EST UNE BONNE IDÉE D'AGIR AUSSI OUVERTEMENT ?
PLAF
AUCUNE IMPORTANCE !
À L'ORIGINE, NOTRE PLAN VISE À FAIRE TREMBLER LE MONDE ENTIER DE TERREUR DEVANT LA PUISSANCE MILITAIRE DE L'EMPIRE...
LE RÉSULTAT SERA LE MÊME !

MAIS LÀ, JE DOIS ALLER RETROUVER LE GÉNÉRAL WALTHER À LOSDON !
JE PEUX TE CONFIER LA POURSUITE DES FUGITIFS, MAUSER ?
TAP
!!
ÉVIDEM-MENT !
OK, MERCI !

C'EST PAS POS-
SIBLE...
ELLE A UN CORPS MÉCANIQUE ...
LA TORTURE N'A AUCUN EFFET...
SUR ELLE !
SMITH ...
WESSON ...
ON SUIT TRIGGER !

ピチョン
PLIC
JE CROIS ...
QU'ON A RÉUSSI À LES SEMER !

TOUT VA BIEN, MAINTENANT...
ON PEUT SOUFFLER CINQ MINUTES !
MERCI, CRÂNE D'ŒUF ...
NON SEULEMENT ON A SEMÉ NOS POURSUIVANTS ...
MAIS ON A TROUVÉ UN RACCOURCI ...
QUI NOUS PERMET DE RESTER CACHÉS !
D'UNE PIERRE TROIS COUPS !
...
BIEN VU, TRONCHE DE PORC-ÉPIC !

J'AI TROUVÉ UN PLAN DE LA MINE !
JE ME CHARGE DE VOUS GUIDER !
BRAVO, FACE DE PINGOUIN !
...
...
VOUS AVEZ...
PERDU LA TÊTE ?

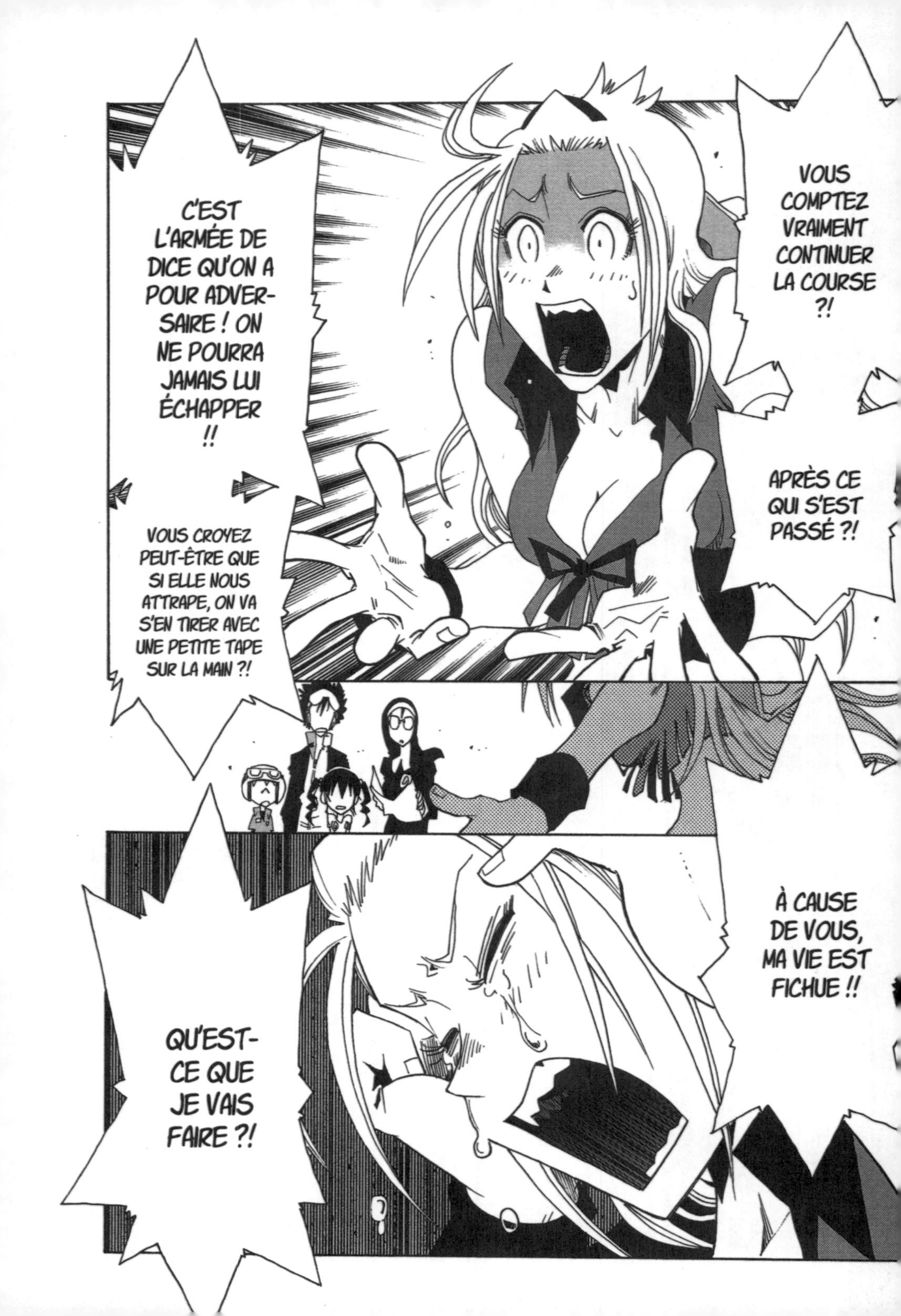
VOUS COMPTEZ VRAIMENT CONTINUER LA COURSE ?!
APRÈS CE QUI S'EST PASSÉ ?!
C'EST L'ARMÉE DE DICE QU'ON A POUR ADVER-SAIRE ! ON NE POURRA JAMAIS LUI ÉCHAPPER !!
VOUS CROYEZ PEUT-ÊTRE QUE SI ELLE NOUS ATTRAPE, ON VA S'EN TIRER AVEC UNE PETITE TAPE SUR LA MAIN ?!
À CAUSE DE VOUS, MA VIE EST FICHUE !!
QU'EST-CE QUE JE VAIS FAIRE ?!

TU N'AS PLUS LE CHOIX...
TU DOIS ALLER JUSQU'AU BOUT ET RAFLER LA PREMIÈRE PLACE !
LE SEUL MOYEN QUE J'AI DE VOUS REMERCIER...
C'EST DE VOUS GUIDER JUSQU'À LOSDON...
MON PÈRE A TOUT FAIT POUR ARRÊTER CE PROJET...
AUQUEL IL A CONTRIBUÉ À SON INSU...
SI JE LAISSE TOMBER MAINTENANT, JE NE POURRAI PLUS JAMAIS ME REGARDER DANS UNE GLACE !

J'ACCOMPLIRAI…
LES DERNIÈRES VOLONTÉS DE MON PÈRE !
MOI…
JE VAIS RENTRER CHEZ MOI !
ET MOI…
JE TIENDRAI MA PROMESSE ENVERS BARRETT !

MOI ...
J'AI JUSTE ÉTÉ ENTRAÎNÉE LÀ-DEDANS...
JE NE SUIS PAS COMME VOUS...
JE NE SUIS QU'UNE GAFFEUSE ET UN BOULET ...
JE N'AI AUCUN OBJECTIF QUI ME TIENNE À CŒUR AU POINT DE RISQUER MA VIE !
C'EST BIEN TOI QUI DISAIS ...
QUE TU VOULAIS RESSEMBLER À NUMBER ONEDERFUL, PROTÉGER LES FAIBLES ET ARRÊTER LES MÉCHANTS...
EH BIEN EN CE MOMENT, NUMBER ONEDERFUL...
EST COINCÉ DANS UN PIÈGE QUI RISQUE D'ANÉANTIR TOUT LOSDON !
NOTRE IDOLE...
A BESOIN D'UN NOUVEAU HÉROS POUR LA SAUVER...

TOI...
MOI ...
UN SUPER-HÉROS ?
...

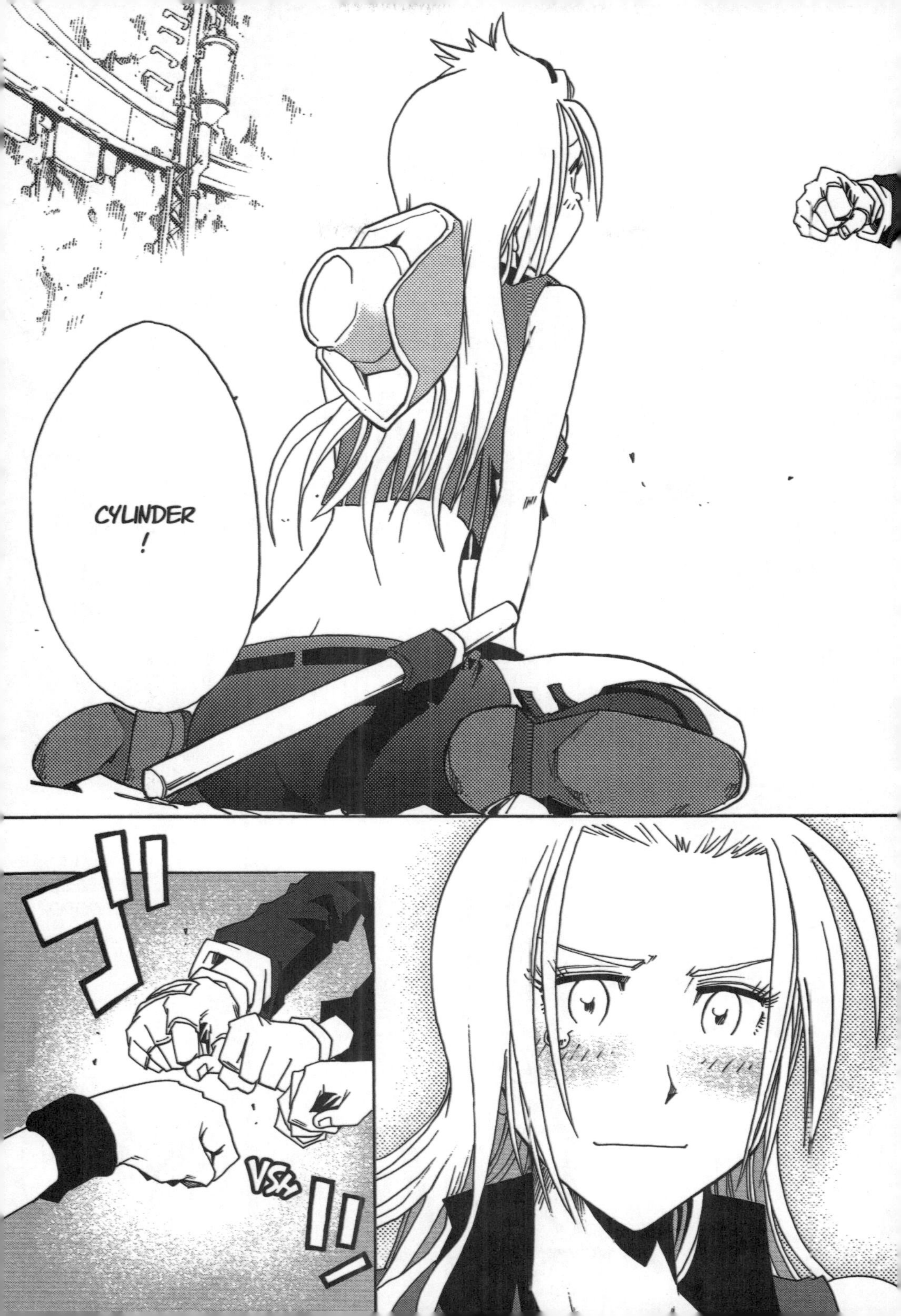
CYLINDER
!
VSH

TU CHOUINES QUAND MÊME BEAUCOUP POUR UNE VIEILLE...
ON SE PASSERA DE TES COMMENTAIRES !
MOI, C'EST BARREL...
VOICI TRIGGER ...
LOADER ...
CYLINDER ...
ET...
HUMMER !
ON VA T'EMMENER À LOSDON ...
BERETTA !

ON VA ALLER SAUVER TON PÈRE...
ET ON PROTÉGERA LA VILLE...
NON... LE MONDE TOUT ENTIER !

CLANG
VÉRIFICATIONS TERMINÉES !
ALL GREEN !
LE PARACHUTE S'OUVRIRA AUTOMATIQUEMENT !
OK !
BON...
J'Y VAIS !

RENDEZ-VOUS À LOSDON !
ENTENDU !
BIEN, ON SE REVERRA LE DERNIER JOUR DE LA COURSE...
MONSIEUR LE SUPER-HÉROS !
OH, MOI...
JE NE SUIS QU'UN VIEUX CROÛTON...
DÉPASSÉ PAR LA CRISE D'ADOLES-CENCE DE SA FILLE !

CRÉTIN DE DADDY...
VRRR
VSH
TAP
TAP
TAP
TAP
TAP
TAP

À BORD DU VAISSEAU-RELAIS

ON LA REFAIT !

ラン・デイ・バースト
RUN day BURST
8
YUKO OSADA
KI-OON
shonen

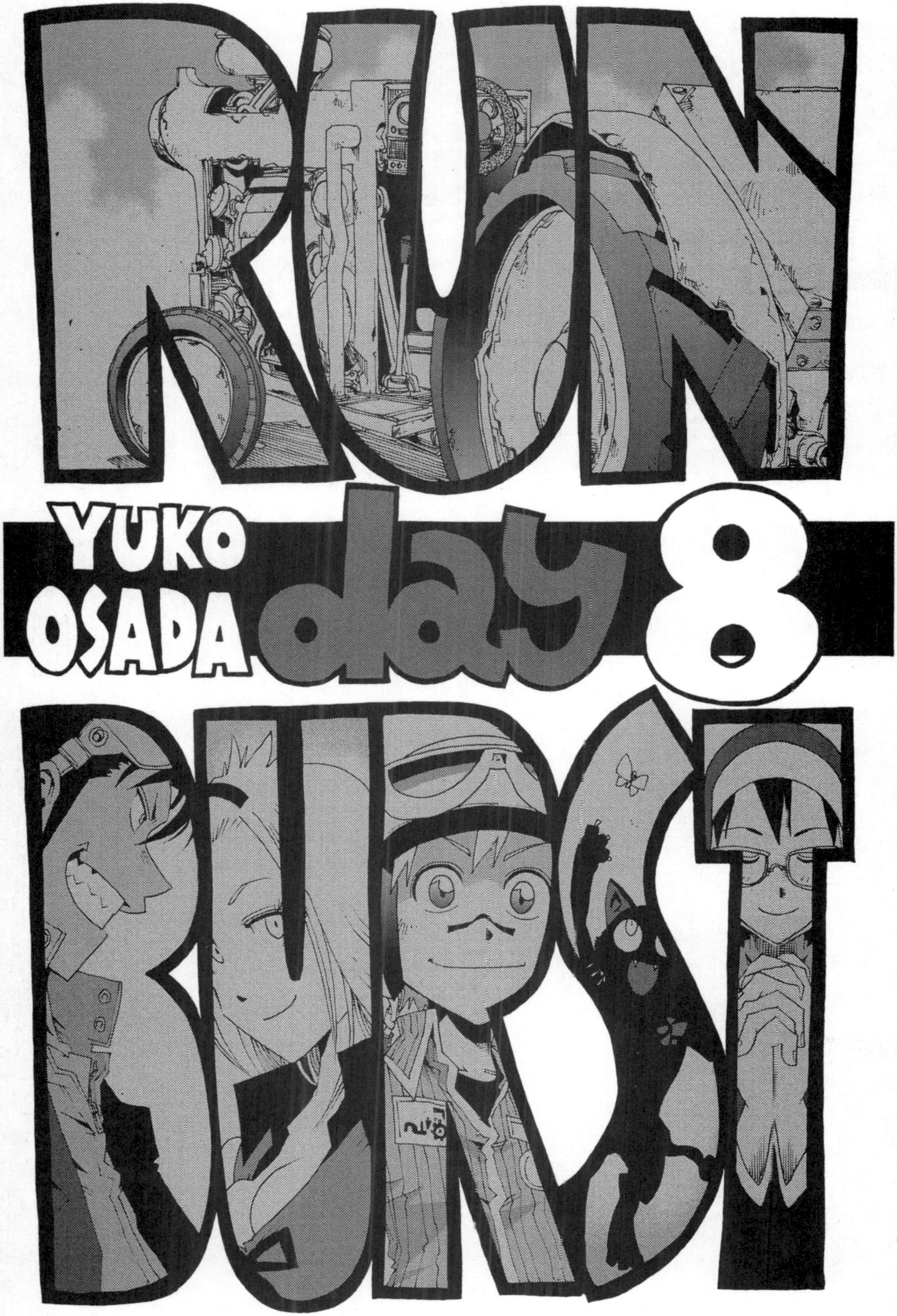
RUN
YUKO
OSADA
day
8
BURST

RUN day BURST
ラン・デイ・バースト
3

LE GRAND MOMENT ...
QUE VOUS ATTENDIEZ TOUS EST ENFIN ARRIVÉ !
TING
LA RUN DAY BURST...
ENTRE DANS SA DERNIÈRE LIGNE DROITE !!
OUAIIIS !
COMMENCÉE IL Y A MAINTENANT 12 JOURS...
LA COURSE QUI TRAVERSE TOUS LES CONTINENTS, SILLONNE TOUS LES PAYS ET PARCOURT LA MOITIÉ DU GLOBE A RÉUNI PAS MOINS DE 500 CONCURRENTS...
GOAL

ET LE PELOTON DE TÊTE SERA BIEN-TÔT EN VUE...
VRRR
DE LOSDON, LA VILLE D'ARRIVÉE !!
À N'EN ...
QUI RÉUSSIRA À FRANCHIR TOUS LES OBS-TACLES ?
CRIIII
QUI, MES-DAMES ET MESSIEURS, SE COUVRIRA DE GLOIRE ?!
VRR
QUI REMPOR-TERA LE JOYAU DALIGADRIGO D'UNE VALEUR D'UN MILLIARD DE GEARS ?
VRR
VRRR

ドオオオ
PAS DOUTER ...
C'EST AUJOURD'HUI QUE NOUS CONNAÎTRONS LE NOM DU GRAND VAINQUEUR !!
ON N'Y VOIT QUE DU FEU, NON ?
BOUCLE-LA !
FUIT
VOUS ALLEZ ÊTRE TÉMOINS ...
D'UN ÉVÉNEMENT QUI MARQUERA À JAMAIS L'HISTOIRE DES COURSES AUTOMOBILES !!

it!
BURST
YUKO OSADA

Don't miss
#35 Go!
RuN a day

VRRR
VRRR
CLIC
LOSDON
LE PANNEAU DE LOS-DON !
JE SUIS LE PRE-MIER !
BOUM

J'AI ROULÉ ...
SUR UNE MINE ?!
RATÉ ...
CE N'ÉTAIT PAS LA CIBLE !
BROM
APRÈS LE PONT...
SE TROUVE LE CEN-TRE DE LOSDON !
VRRRR
VSH
?

VIOUUU
BOUM
!
CRIIII
POF

PFF ...
CE N'EST PAS CETTE VOITURE !
BAH ...
PENDANT QU'ON Y EST...
TCHIC
RATATATA
BOUM

NE LES ENCORE VÉS ?
LE COLONEL LUGER A SONNÉ...
LE BRANLE-BAS DE COMBAT !
ENTRE LES SOLDATS ENVOYÉS À LEURS TROUS-SES ET LES POSTES DE GARDE...

VOUS AVEZ PAS TROU
ILS SONT FAITS COMME DES RATS...
CE N'EST QU'UNE QUESTION DE TEMPS !
SAUF QUE LE TEMPS...
C'EST JUSTEMENT CE QUI NOUS MANQUE !

VOUS NOUS AVEZ DÉJÀ TROP FAIT ATTENDRE...
ATLAS ET MOI !

JE CROYAIS LE COLONEL LUGER...
UN PEU PLUS EFFICACE QUE ÇA !
IL ME DÉÇOIT BEAUCOUP !

QU'EST-CE QUE VOUS DITES ?!
LES CONCURRENTS DU PELOTON DE TÊTE SONT TOUS ÉLIMINÉS LES UNS APRÈS LES AUTRES JUSTE AVANT D'ENTRER EN VILLE ?!
LES AUTRES VAISSEAUX-RELAIS AUSSI RAPPORTENT DES ABANDONS EN SÉRIE !
QUOI ?!
MAIS QU'EST-CE QUI SE PASSE, BON SANG ?!
APPAREMMENT…
D'APRÈS LES TÉMOIGNAGES RECUEILLIS…
CE SERAIT L'ŒUVRE DE L'ARMÉE IMPÉRIALE DE DICE !
…
L'ARMÉE DE DICE ?

LES MILITAIRES AURAIENT TRUFFÉ DE MINES LES CHEMINS FORESTIERS QUI ENTOURENT LOSDON...
ET ÉTABLI DES BARRAGES ...
SUR CHACUN DES SIX PONTS QUI MÈNENT AU CENTRE-VILLE !
IL Y AURAIT ÉGALEMENT DES ÉCHAUFFOURÉES ...
ENTRE LES TROUPES DE DICE ET LA POLICE DE LOSDON !
D'ABORD LA DISPARITION SUBITE DE DUCK, ET MAINTENANT DES MANŒUVRES MILITAIRES INQUIÉTANTES...
C'EST SÛR...
IL Y A ANGUILLE SOUS ROCHE !

J'AI UN MAUVAIS PRESSENTIMENT...
QUOI... MON PETIT RUN ?
AU DÉPART...
JE RÊVAIS D'ÊTRE JOURNALISTE !
MON SANG...
BOUILLONNE DANS MES VEINES...
ET MON PETIT DOIGT ME DIT...
QUE CETTE ÉTRANGE VOITURE EST LA CLÉ DE TOUT !
DEMI-TOUR, VITE !!
ON DOIT RETROUVER CE TRACTEUR !!
EUH...
D'ACCORD !

WOOOSH
VRRR
BOUM
RATATATA
WOOOSH
BAM
RA TA TA TA TA
BOUM
TING
TCHAC
TING

ギギギ
CRIIIII
ばさ
FLAP
ばさ,
ドドドドド
VRRR
...
VRRR
ドドドド...

PEOUAH !
FLAP
ばっ
ばっ
ON LES A ENFIN SEMÉS !
CETTE TEMPÊTE DE SABLE NE POUVAIT PAS MIEUX TOMBER...
J'EN PEUX PLUS...
PAR PITIÉ, LAISSEZ-MOI SOUFFLER UN PEU...

KOF
KOF
PTEUH
PTEUH
PTEUH
AVEC TOUT ÇA, ON A DÛ PRENDRE DE L'AVANCE !
HMM …
CE QUI VEUT DIRE…
SUIS-MOI, BARREL !
OK !
CRR
WOOSH

WOOSH
JE NE RÊVE PAS...
C'EST LOSDON !!

ON
EST ENFIN
ARRIVÉS...
À
DESTINATION
!

C'EST MAINTENANT...
QUE LES CHOSES SE COMPLIQUENT !
TCHIC
TU M'ÉTONNES...
UNE CAPITALE ENTOURÉE DE LACS ET DE FORÊTS...
CE N'EST VRAIMENT PAS COMMODE !
LES BOIS SONT PIÉGÉS...
LES PONTS, SURVEILLÉS...
ET L'ARMÉE DE DICE EST À NOS TROUSSES !
AUTREMENT DIT...
ON EST COMPLÈTEMENT COINCÉS ?!
BON SANG...
QU'EST-CE QU'ON VA FAIRE ?

À PART EN SE FAISANT POUSSER DES AILES ET EN S'ENVOLANT DANS LE CIEL, JE NE VOIS PAS COMMENT ON POURRAIT TRAVERSER...
TU PARLES D'UNE GALÈRE !
JE SAIS...
!
IL N'Y A...
QU'UNE SOLUTION !

GOD OF...
DICE !
CETTE AFFAIRE TE DONNE BIEN DU FIL À RE-TORDRE, À CE QUE JE VOIS !
...
C'EST INADMISSIBLE QU'UN HOMME DE TON CA-LIBRE...
ÉCHOUE DANS SA MISSION, SURTOUT EN DÉ-PLOYANT AUTANT DE TROUPES !

JE NE SAIS PAS QUOI VOUS DI...
ぱ
しゅ
VSH
ス
FSH
HORS DE MA VUE !

ET NE T'AVISE PAS...
DE REPARAÎTRE DEVANT MOI !
À PARTIR DE MAINTENANT, JE PRENDS LA DIRECTION DES OPÉRATIONS !

LE MOMENT DE TE RENDRE UTILE EST ENFIN ARRIVÉ...
CYLINDER !
VRRRR
...
COMMENT ÇA ?
JE COMPTE SUR TOI POUR HURLER À PLEINS POUMONS !
CRR
FRSH
MAIS...

VROUM
DÉROULEZ LE TAPIS ROUGE, LE TRACTEUR ENTRE DANS LA PLACE !!

?!
BARREL, FILE-MOI UN COUP DE MAIN !
HEIN ?! EUH... OK !

AAAAAAAAAAAAH !!
VRRRRR
!
REGARDEZ !!
LÀ-BAS, SUR L'AUTRE RIVE !
バ
CIBLE REPÉRÉE !!
VSH
LE VÉHICULE VIENT DE PASSER...
DEVANT LE PONT MOROKA ET PROGRESSE VERS LE NORD EN LONGEANT LE LAC !!

IL SE DIRIGE EN CE MOMENT MÊME VERS LE PONT OHISASHI !!
À TOUTES LES UNITÉS, RENDEZ-VOUS DE TOUTE URGENCE SUR PLACE !
JE RÉPÈTE ...
BRRM
À TOUTES LES UNITÉS, RENDEZ-VOUS DE TOUTE URGENCE SUR LE PONT OHI-SASHI !!

VRRR
MAIS ÇA VA PAS LA TÊTE ?!
QU'EST-CE QUI TE PREND D'ATTIRER L'ATTENTION SUR NOUS ?!
VRRRR
ILS SE SONT TOUS REGROUPÉS SUR LE PONT, MAINTENANT !!

HEIN ?!
QU'EST-CE QU'ILS PEUVENT BIEN MIJOTER ?
ILS NE COMPTENT TOUT DE MÊME PAS ...
FORCER LE BARRAGE ?
CRIIII

ILS SONT STUPIDES, OU QUOI ?
FSH
VRR
VRR
VRR
PARFAIT !

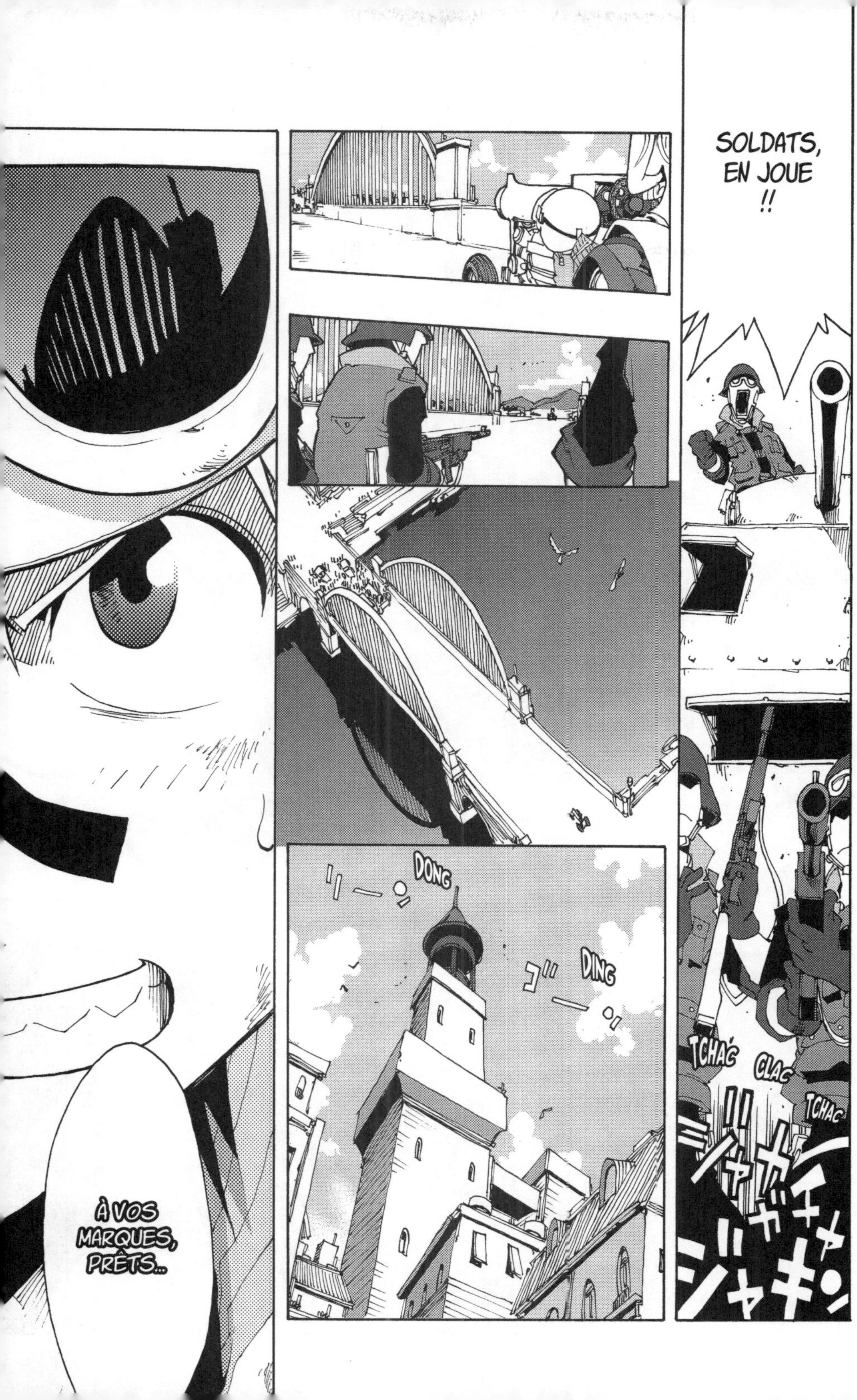
SOLDATS, EN JOUE !!
TCHAC
CLAC
TCHAC
DONG
DING
À VOS MARQUES, PRÊTS...

FEU !
GO !!

#36 LOSDON

GO !!
TCHAC

VROUM
#36 LOSDON
FEU !

ベキッ
CLONG
ドドン
BANG
NIARK

VIOUUU
QUOI ?!
ON LES A MANQUÉS ?!
J'AI GRANDI À LOSDON, VOUS VOUS SOUVENEZ ?
?!
FSH
BRRRM
DONG
DING
PARMI LES SIX PONTS QUI ENTOURENT LA VILLE...
C'EST CELUI-CI LE PLUS BAS !
C'EST POURQUOI TOUS LES JOURS, À 15 HEURES PÉTANTES...
VRRR
IL S'OUVRE POUR LAISSER PASSER LES BATEAUX SUR LA RIVIÈRE...

BRRRM
ドドド
CAR C'EST UN PONT BASCULANT !!

BRRM
VSH
VSH
AAAAAAAAAAAH !
VRRRR
HÉ HÉ HÉ... BIEN JOUÉ, LA FILLE DU PAYS !!

BAM
POF
OH OH...
BOUM

QU'EST-CE QUI S'EST PASSÉ ?!
KOF KOF... NÉGATIF !
LE PONT S'EST OUVERT ...
VOUS LES AVEZ EUS ?!
CRR
ET NOTRE CHARGEMENT A EXPLOSÉ !
ET LA CIBLE, OÙ SE TROUVE-T-ELLE ?!
EUH...
EH BIEN...
ポン
POUT
ポン
POUT
ポン
POUT

LÀ-BAS !!
ILS SONT SUR LE BATEAU !!
EXCUSEZ-MOI, VOUS POURRIEZ VOUS RAPPRO-CHER UN PEU DE LA RIVE ?
EUH...
OK !
JE VOUS ORDONNE DE DÉTRUIRE CE VÉHICULE SUR-LE-CHAMP !!!
UTILISEZ TOUS LES MOYENS QUE VOUS JUGEREZ NÉ-CESSAIRES !

ON A REJOINT LOSDON !!
OUAIS !
SI ON SE FOND DANS LA FOULE AUTOUR DE LA LIGNE D'ARRIVÉE...
L'ARMÉE NE POURRA RIEN TENTER CONTRE NOUS !
ET EN PLUS DE ÇA...
ON EST EN TÊTE !!
AT-TENDS-MOI...
CRÉTIN DE DADDY...
LOADER, JE COMPTE SUR TOI POUR NOUS GUIDER JUSQU'À LA TOUR DE LOSDON !
REÇU, CHEF !
EH, ARRÊTE-TOI DEVANT UNE BOUTIQUE DE FRINGUES, D'ABORD !
AU FAIT, LE JOUR DU DÉPART AUSSI, TU ÉTAIS À POIL !

BOUM
PFOUAH !
GH...
QU'EST-CE QU...
FSH

VRRRR
LE DEUXIÈME ESCADRON ÉTOILE...
DE L'ARMÉE DE DICE ?!

D-GAS
D-GAS
PULVÉRISATEURS EN PLACE !!
DU GAZ TOXIQUE ?!
C'EST UNE BLAGUE ?
ON EST EN PLEIN CŒUR DE LA VILLE !
D-GAS
ILS N'ONT QUAND MÊME PAS L'INTENTION...

FSH
D'EN RÉPANDRE ICI ?!
NOOOOON !!
TANT PIS...
C'EST UN SACRIFICE NÉCES-SAIRE...
ALLEZ-Y !
VROUM

ギュギュバ
CRIIIIIII

ギュバッ
PEACE-
MAKER
?!
!

J'AI ENFIN RÉUSSI À TE RATTRAPER...
ET MÊME À TE DÉPASSER ...
TRIGGER !
DÉGAGE, CRÉTIN !
C'EST PAS LE MOMENT DE...
HEIN ?
VSHH
CRIII

ドザチャッ
BAM

PAR LE PASSÉ, TU M'AS SAUVÉ LA VIE À DEUX REPRISES...
C'EST LA DEUXIÈME FOIS QUE JE TE TIRE D'AFFAIRE...
ON EST QUITTES, À PRÉSENT !

VAS-Y,
TAILLE LA ROUTE,
MON VIEUX !
VROUM
BRRRM
...
IL...
BRRRR
!

UN HÉLICO ?!
BRRR
VSH
PLAF
SI JE M'ATTENDAIS À CE QUE CE SOIT TOI NOTRE CIBLE...
VILAIN PETIT COQUIN ! ♡

OH NON !
PITIÉ, PAS ELLE !!
ALORS COMME ÇA, TA POUPÉE T'A LAISSÉ TOMBER APRÈS LE PREMIER SOIR ? MON PAUVRE CHÉRI...
TING
LAISSE-MOI TE SOULAGER DE TA FRUSTRATION !

?!
BAM
ギャキュキュ
キュキュキュ
CRIIII.

CROC
ALLONS ...
NE ME DIS PAS QU'UNE SIMPLE PETITE TAPE AMICALE POUR NOS RE-TROUVAIL-LES...
VA SUFFIRE À T'ENVOYER DANS LES CORDES !
INGRAM !!
TF-28

C'EST ÇA, LE DERNIER RAPPEL QUE TU ME PROPOSES ?
MONTRE-MOI CE QUE TU AS DANS LE VENTRE...
BARREL !!
TROUVE-MOI QUELQUE CHOSE DE PLUS DISTRAYANT, TU VEUX !

JE SAIS !!
TCHAC
CLANG
MAINTENANT !!

CRI//
VSH
HÉ HÉ HÉ...
TU VOIS, QUAND TU VEUX !
PLAF

CETTE FOIS, C'EST VRAIMENT L'HEURE DU GRAND FINAL...
NE TE PLANTE PAS, TRIGGER LE PLEURNICHEUR !
CRR
CRR
PLOF
ON A ENCORE CREVÉ !
UZI, ESPÈCE D'INCAPABLE !
C'EST PARCE QUE TU CONDUIS N'IMPORTE COMMENT !
PSHH

PEACEMAKER …
INGRAM ET UZI…
ILS SONT TOUS EN TRAIN…
DE NOUS FILER UN COUP DE MAIN ?
…
ON DIRAIT BIEN, OUI…
C'EST BEAU, L'AMITIÉ… JE SUIS SI ÉMUE !
MAIS …
POURQUOI EST-CE QU'ILS FONT TOUT ÇA POUR NOUS ?

LES VOILÀ !!
VRRRR
HALTE ! PLUS UN GESTE !!
PLAF
!
ON EST AU COURANT...
BAM
POUR LE PROJET ATLAS !

ET ON SAIT AUSSI QUEL EST LE SEUL CONCURRENT ...
VRRRRRR
CALICO NOUS A TOUT RACONTÉ !
CALIÇO ?!
EUH... VOUS ÊTES QUI, AU JUSTE ?!

CAPABLE DE L'ARRÊTER !
QUAND L'ARMÉE DE DICE EST VENUE TROUVER SON PÈRE...
ELLE EN A PROFITÉ POUR PLACER EN DOUCE UN MICRO SUR UN DES OFFICIERS !
VSH
ÇA LUI A PERMIS DE DÉCOUVRIR CE QUI SE TRAMAIT DERRIÈRE LA COURSE...
PUIS ELLE A TRANSMIS LE PLAN SECRET DE DICE À TOUS LES PARTICIPANTS !

ELLE NOUS A DIT...
QUE VOUS SEULS POUVIEZ SAUVER LOSDON...
QUE VOUS DÉTENIEZ LA CLÉ POUR PROTÉGER LE MONDE ENTIER...
ET ELLE NOUS A DEMANDÉ ...
DE VOUS PROTÉGER !
...
ALORS C'EST POUR ÇA QUE...

CEUX QUI ONT OSÉ PROFANER CETTE COURSE...
VONT LE PAYER CHER !
TÂTE-MOI CETTE PAIRE D'AMORTISSEURS...
DE VRAIS OBUS !
ARRÊTE, BOSS !
J'AVOUE QU'AU DÉBUT, JE N'Y CROYAIS PAS...
MAIS MES DOUTES SE SONT VOLATILISÉS QUAND JE SUIS ENTRÉ DANS LOSDON !
À PARTIR DE MAINTENANT...
VRRRR
TOUS LES PARTICIPANTS QUI SONT ENCORE EN LICE VOUS SERVIRONT DE BOUCLIER !

ON VA VOUS AIDER À FINIR CETTE COURSE !
VRRRRR
MON NOM EST NANBU...
HEUREUX DE VOUS RENCON-TRER !

LAISSEZ-NOUS FAIRE !
CLONG
CETTE GUIMBARDE A TENU JUSQUE-LÀ, ELLE NE SE LAISSERA PAS AVOIR SI FACILEMENT !
NOTRE AVENIR À TOUS EST ENTRE VOS MAINS !
ALLEZ-Y, FONCEZ !!
EN AVANT, LES GARS !!
ACCROCHEZ-VOUS, ÇA VA SECOUER !!!

BANG
QU'EST-
CE QU...
BLAM
CLING
BOUM
AH!
AAAH!
CRIII
AAARGH!
?!

TCHAC
NANBU !!
ÇA VA, RIEN DE GRAVE ?!
FAITES ATTENTION ...
ILS ONT DES SNIPERS !
QUOI ?!
OÙ ÇA ?!

VSH

NOTRE TIREUR D'ÉLITE ...
VA BRISER LEURS LIGNES DE DÉFENSE UNE PAR UNE !
C'EST BIEN, CONTINUE COMME ÇA !!
TCHAC

VAS-Y ...
MAUSER !
À VOS ORDRES ...
TCHAC
COLONEL !
!
LÀ-BAS !!
JE NE TE LAISSERAI PAS FAIRE !!
VROUM

BANG

BOUM

RUN day BURST
ラン・デイ・バースト

#37 MASTER MIND

NE ME DIS PAS...
RASSURE-TOI, TOUT VA BIEN !
VRRRR
!
LE MOTEUR MARCHE ENCORE !
MAIS ALORS, CETTE FUMÉE...
ÇA NE PEUT ÊTRE QU...

ザァァァァァァァァ
DZZZZZZ
ザシューー
VSH
VOTRE EXCEL-LENCE !
LA COMMUNI-CATION AVEC ATLAS...
EST RÉTABLIE !!

...
PARFAIT !
À TOUTES LES UNITÉS DÉPLOYÉES DANS LOS-DON...
REPLIEZ-VOUS !
L'ARMÉE...
BAT EN RETRAITE ?
C'EST PAS VRAI...
IL N'Y A PLUS DE BROUILLAGE RADIO !

IL FAUT QU'ON SACHE CE QUI SE PASSE !
NANBU, SUR QUELLE FRÉQUENCE ÉMET LE MOUCHARD DE CALICO ?!
PARAMÉTREZ LE CANON...
ENTREZ LES COOR-DONNÉES DE LOSDON !
CRR
キリキリ

MOUAH...
HA HA HA HA HA !
VRR
VRR
VRR
ON LES ENTEND !!
BON SANG...
J'EN ÉTAIS SÛR !
VSH
L'EMPIRE DE DICE VA ENFIN DEVENIR LA PREMIÈRE PUISSANCE MONDIALE !! CE JOUR RESTERA À JAMAIS GRAVÉ DANS LES MÉMOIRES !

TU ES ENCORE LÀ, TOI ?
JE CROYAIS T'AVOIR ORDONNÉ DE DISPARAÎTRE !
EN EFFET ...
C'EST LA DERNIÈRE FOIS...

QUE VOUS ME VOYEZ !
BANG

VOTRE EXCEL-LENCE !
ORDURE !!
BANG
BANG
EST-CE QUE TU ES SATISFAIT ...

ONEDERFUL ?!
TAP
TAP

OUI, COMPLÈTE-MENT !

TU AS FAIT DU BON BOULOT...
MON PETIT LUGER !
LE GRAND JOUR...
EST ENFIN ARRIVÉ !

LE FINANCEMENT D'ATLAS...
L'ORGANISATION DE LA RDB...
TOUT CE QUE J'AI ENTREPRIS CES DERNIÈRES ANNÉES VA ENFIN PORTER SES FRUITS !
C'EST L'ABOUTIS-SEMENT DU PLAN GRAN-DIOSE..
QUI ASSURERA MON GRAND COME-BACK EN TANT QUE SUPER-HÉROS !

KICK!
QUAND LA SÉRIE TV DE "NUMBER ONEDERFUL" A COMMENCÉ...
ELLE A CONNU UN TEL ENGOUEMENT QU'ELLE EST DEVENUE UN VÉRITABLE PHÉNOMÈNE DE SOCIÉTÉ...
J'ÉTAIS LE HÉROS DES ENFANTS !
LE FEUILLETON A ÉTÉ REDIFFUSÉ JE NE SAIS COMBIEN DE FOIS DANS LE MONDE ENTIER...
FAISANT À CHAQUE FOIS RÊVER LES PETITS, SANS JAMAIS DÉMENTIR SON SUCCÈS...
MAIS TOUT ÇA...
C'EST DU PASSÉ, MAINTENANT !
APRÈS LE SUCCÈS DES PREMIÈRES ANNÉES...
LE TAUX D'AUDIENCE...
N'A CESSÉ DE DÉCLINER !

"NUMBER ONEDERFUL" N'ÉTAIT PLUS QU'UN PROGRAMME STUPIDE ET PUÉRIL...
QUE SEULS LES FANS LES PLUS ENDURCIS REGARDAIENT ENCORE !
MOI-MÊME, J'AI FONDÉ UNE FAMILLE...
J'AI VIEILLI...
JE N'ÉTAIS PLUS QUE L'OMBRE D'UN HÉROS...
J'ÉTAIS DEVENU UN HAS BEEN !

C'EST À CETTE ÉPOQUE-LÀ...
QUE L'ARMÉE DE DICE EST VENUE ME PARLER DU LANCEMENT D'ATLAS...
ET QUE JE T'AI RENCONTRÉ !
C'EST VRAI !
TU AS COMMENCÉ PAR ME DIRE QUE TU ÉTAIS UN GRAND FAN ...
ET TRÈS VITE, TU M'AS CONFIÉ...
QUE LE SATELLITE ÉTAIT EN RÉALITÉ UN CANON ORBITAL !

C'EST ALORS QUE J'AI EU UNE IDÉE DE GÉNIE...
SI JE N'AVAIS PLUS DE MÉCHANT À COMBATTRE ...
JE N'AVAIS QU'À EN FABRIQUER UN !
J'AI DONC DÉCIDÉ D'UTILISER MA FORTUNE...
POUR METTRE EN SCÈNE CETTE VASTE COMÉDIE AUTOUR DU PROJET ATLAS...
ET DONNER UNE REPRÉSENTATION UNIQUE AU MONDE !

L'ATTAQUE DE LA VILLE PAR LE SATELLITE FERA TREMBLER L'HUMANITÉ TOUT ENTIÈRE...
EMPIRE ARMY
ET QUAND DICE PASSERA AUX YEUX DE TOUS POUR UN EMPIRE MALÉFIQUE...
BOUM
JE LUI ADMINISTRERAI LE CHÂTIMENT QU'IL MÉRITE À L'AIDE DU CANON ORBITAL, ET JE SAUVERAI LE MONDE !

VOILÀ...
LE VÉRITABLE PROJET ATLAS !

CETTE FOIS, CE N'EST PLUS DE LA FICTION...
NUMBER ONEDER-FUL...
EST LÀ EN CHAIR ET EN OS !
OUAAAH !
CRR
JE VAIS REDEVENIR
...

LE PLUS GRAND HÉROS DE TOUS LES TEMPS !

MAIS...
QU'EST-CE QU'IL RACONTE ?!
...
IL EST SÉRIEUX ?
CRÉTIN DE DADDY...

QUAND TU M'AS PARLÉ DE CE PLAN POUR LA PREMIÈRE FOIS...
JE N'ARRÊTAIS PAS DE TREMBLER...
JE N'EN REVENAIS PAS D'AVOIR LA CHANCE D'ÊTRE AUX CÔTÉS DU HÉROS À L'INSTANT OÙ IL SAUVE LE MONDE !
JE NE SERAIS JAMAIS ARRIVÉ JUSQUE-LÀ SANS TON AIDE...
MERCI BEAUCOUP, LUGER...
OU PLUTÔT DEVRAIS-JE DIRE MON PRÉCIEUX PARTENAIRE...
ONEDERFUL BOY 2 !
J'AI L'IMPRESSION...
D'ÊTRE EN PLEIN RÊVE !

LE VÉRITABLE...
PROJET ATLAS ?
C'EST NUMBER ONEDERFUL...
QUI EN EST L'INSTIGATEUR ?
EN CHANGEANT DE FRÉQUENCE RADIO, J'AI CAPTÉ UNE DRÔLE DE CONVERSATION...
SI J'AI BIEN COMPRIS...
LA VILLE DE LOSDON...
VA ÊTRE PRISE POUR CIBLE !
QU... QUOI ?! MAIS C'EST AFFREUX !
IL FAUT AVERTIR LES ORGANISATEURS DE LA COURSE !

IL EST DÉJÀ TROP TARD...
TOUT CE QU'ON RÉUSSIRAIT À FAIRE, CE SERAIT SEMER LA PANIQUE !
MAIS ...
DANS CE CAS...
QU'EST-CE QU'ON PEUT BIEN...
ET LE TRACTEUR ?
ON NE L'A TOUJOURS PAS RETROUVÉ ...
...
SELON VOUS, QUEL EST NOTRE TRAVAIL ?
RETRANSMETTRE LA RDB !
EXACTEMENT !

ET C'EST CE QU'ON VA CONTINUER À FAIRE...
JUSQU'AU BOUT...
CAR TELLE EST...
NOTRE MISSION !
ON RETOURNE À LA TOUR !
D...
D'AC-CORD !

PARFAIT…
ON A LA TOUR DE LOSDON EN LIGNE DE MIRE !
OÙ SE TROUVE MA FAMILLE ?
ON A EMMENÉ TON ÉPOUSE DANS LA PÉRIPHÉRIE DE LA VILLE…
ET MA FILLE ?
JE L'IGNORE, ON A PERDU SA TRACE …
LORSQU'ELLE EST MONTÉE DANS LE TRAIN POUR LE KAREISHU !
…
JE VOIS…
BAH, ELLE NE PEUT PAS ÊTRE REVENUE À LOSDON, DE TOUTE FAÇON !

QUAND TOUT SERA TERMINÉ, JE LUI RACON-TERAI...
CLANG
LES EXPLOITS DE SON PÈRE !
NON ...
CE...

CE N'EST PAS ÇA...
ÊTRE UN HÉROS !!
BARREL
JE T'EN SUPPLIE, NUMBER ONEDERFUL, ARRÊTE CETTE FOLIE !!
TU FAIS FAUSSE ROUTE !!

AAH ! CYLINDER EST EN PLEINE DÉPRESSION !!
C'EST IMPOSSIBLE... ONEDERFUL, MON HÉROS... MON IDOLE...
IL FAUT AGIR, ET VITE !
ON DOIT ARRÊTER MONSIEUR BREDA !!
VSH
MAIS ...
COMMENT DIABLE...
EST-CE QU'ON POURRAIT ...
POF

IL N'Y A QUE SA FILLE...
QUI PUISSE LE STOPPER !
IL NE SAIT PAS QUE BERETTA EST ICI...
ELLE SEULE A UNE CHANCE DE LE CONVAINCRE !

MOI ?
EXACTEMENT...
TU ES NOTRE DERNIER ATOUT !
EFFECTIVEMENT...
IL NE POURRA PAS OUVRIR LE FEU SUR LOSDON S'IL APPREND QUE SA FILLE S'Y TROUVE ...
MAIS COMMENT LE LUI FAIRE SAVOIR ?
CRSHH

EH OUI, FAUT-IL EN RIRE OU EN PLEURER...
GOAL
LA RDB TOUCHE À SA FIN !!
QUI SERA LE PREMIER ...
À FRANCHIR LA LIGNE D'ARRIVÉE ?!
PRÉPAREZ-VOUS À TIRER !
DZZ
INTER-DICTION DE CLIGNER DES YEUX ! DON'T MISS IT !

MAIS BIEN SÛR ! EUX AUSSI ÉCOUTENT LES RETRANSMISSIONS DE LA COURSE...
RdB
RdB
RdB
ぱっ
VSH
...
J'AI UNE IDÉE !

#38 LOSDON TOWER

#38 LOSDON TOWER
BURST

RUN
da
RUN DAY
YUKO OSADA
BURST

CHARGE ÉNERGÉTIQUE D'ATLAS ...
ATLAS
VRRR
VRRR
VRRR
MON PETIT LUGER ...
!
TU ME PASSES LA TÉLÉCOMMANDE ?
DZZZZ
BIEN SÛR !
BIENTÔT TERMINÉE !

TRIGGER !
FONCE EN DIRECTION DE LA TOUR !!
OK...
ON MET LES GAZ !
MAIS ...
EST-CE QU'ON VA ARRIVER À TEMPS ?!
EH, LE PLAN SUR PATTES !
C'EST QUOI, LE CHEMIN LE PLUS COURT POUR SE RENDRE LÀ-BAS ?!

ROULER TOUJOURS TOUT DROIT...
IL SUFFIT DE SUIVRE LA ROUTE !
ÇA MARCHE !
ACCROCHEZ-VOUS BI...
VSH
JE VOUS AI GUIDÉS JUSQU'À LOSDON ...
MON VOYAGE S'ARRÊTE ICI !

LOA-DER ?
DEPUIS ...
UN PETIT MOMENT DÉJÀ, JE ME DIS...
QUE CETTE VOITURE EST QUAND MÊME UN POIL SUR-CHARGÉE !
BEN, C'EST QUE...
EUH ...
MAIS NON...
!!
ス
FRSH
EN TOUT CAS...
JE SUIS HEUREUSE DE VOUS AVOIR RENCONTRÉS ...
ばさ
FLAP
D'AVOIR PU VOUS ÊTRE UTILE...

ET SURTOUT ...
DE VIVRE !

BONNE CHANCE ...
À TOUS !
FSH
VSH
QUE DIEU VOUS GARDE !
LOADER, NOOOON !!

PLAF
CRI!!!
FAITES ATTENTION, MADEMOISELLE !
CRRR
NANBU !!
À CAUSE DE L'ATTAQUE DE TOUT À L'HEURE...
CRRR
MON VÉHICULE N'EN A PLUS POUR LONG-TEMPS...
ALORS JE COMPTE SUR VOUS ...
N'ATTEN-DEZ PAS, FONCEZ !!

OK, C'EST ...
PARTIIII !
VROUM
TCHAC

NOUS APPRENONS À L'INSTANT ...
ATLAS
L'ARRIVÉE SUR MAIN STREET DU VÉHICULE EN TÊTE DE LA COURSE !
EN DESSOUS DE NOUS, LA FOULE EST EN DÉLIRE !

C'EST L'ÉVÉNEMENT DU SIÈCLE, MESDAMES ET MESSIEURS !
LE MONDE ENTIER A MAINTENANT LES YEUX RIVÉS SUR LOSDON...
AFIN D'ASSISTER À CET INSTANT CRUCIAL !!

VRRRR
CHARGE ÉNERGÉTIQUE D'ATLAS TER-MINÉE...
BRRR
BRRR
BRR
PSHHH
CLING
BRRRM
BON SANG ! MAINTENANT QU'ON EST PLUS LÉ-GERS...
C'EST LA BAGNOLE QUI PART EN MORCEAUX !

SHIT !
OH NON...
ON NE ROULE PAS ASSEZ VITE...
ON N'Y SERA JAMAIS À TEMPS !
WOOSH
CANON PARÉ À TIRER !
...

BON, ÇA VA, J'AI COMPRIS ! C'EST À MON TOUR DE DES-CENDRE !
VSH
TRIGGER, QU'EST-CE QUE TU AT-TENDS POUR T'ARRÊTER ?!
ON NE PEUT PLUS SE PERMETTRE DE RALENTIR NE SE-RAIT-CE QU'UNE SECONDE...
ALORS RESTE ASSISE ET TAIS-TOI !
JE T'AVAIS BIEN DIT...
QUE CE SERAIT TOI QUI SAUVERAIS NUMBER ONE-DERFUL !
...
MAIS...

APRÈS TOUT, C'EST TOI QUI AS EU LE PLUS DE MAL...
À ENCAISSER LA VÉRITÉ SUR LUI !
ON COMPTE SUR TOI ...
POUR LUI COLLER UN ONEDERFUL KICK !

JE N'EN AI PLUS RIEN À FICHE...
DE NUMBER ONEDERFUL !
POUR ÊTRE...
HONNÊTE ...
CELUI QUE J'ADMIRAIS VRAIMENT...
TADAM
C'ÉTAIT "MÉGA-POLICIER, L'INSPECTEUR GALACTIQUE" !

MAIS ...
CETTE SÉRIE N'EXISTE MÊME PAS !
AAH !
M'EN FOUS !
LAISSE-MOI PARTIR !!
C'EST PAS LE MOMENT DE JOUER LES MAR-TYRES !!
JE VEUX JUSTE TIRER MA RÉVÉRENCE AVEC CLASSE, COMME LOA-DER !
FRSH
JE TE SIGNALE QUE NANBU N'EST PLUS LÀ...
TU TIENS À MOURIR, OU QUOI ?!
!
RAAAAH !
VRRRR
BANDE DE LIMACES !

QU'EST-CE QUE VOUS FICHEZ...
ENCORE ICI ?!
VRRRR
HAENEL ET HECKLER ?!
COMMENT C'EST POSSIBLE ?
VOUS ÊTES VIVANTS ?!

C'EST QUAND MÊME UN COMBLE QU'ON ARRIVE À VOUS RAT-TRAPER...
EN PLUS, VOTRE BROUILLEUR EST H.S., PAR-DESSUS LE MARCHÉ !
POUR ARRIVER À SES FINS...
LUGER EST PRÊT À SACRI-FIER TOUTE L'ARMÉE DE DICE À L'EXCEPTION DE SON ESCA-DRON...
JE NE LE LUI PARDONNERAI JAMAIS !
PLOF
NE T'INQUIÈTE PAS...
ON A UN AS DANS NOTRE MANCHE !
ALORS BOUGEZ-VOUS LES MICHES !!
VRRR
C'EST BON, TU PEUX TE LES GARDER, TES REMARQUES !

AAAAH, J'AI GLISSÉÉÉ !!
VSH
CYLINDER !!
AAH !
PLAF
'TENTION !
HÉ HÉ...

OUPS...
J'AI ENCORE FAIT UNE BOULETTE !
...
ANDOUILLE !
BARREL...
S'IL TE PLAÎT...
ARRÊTE...
...
NUMBER ONE-DERFUL !
COMPTE SUR MOI !

C'EST FOU COMME ON EST PLUS LÉGERS...
SANS TES GROSSES MICHES !
LA FERME, CRÉTIN !!
JE VOUS RE-JOINDRAI PLUS TARD, C'EST PROMIS...
ALORS GARDE-MOI UNE COUPE DE CHAMPAGNE !!
PFF ...
ÉVIDEMMENT !
LOADER EST DES-CENDUE...
がしっ
POF
TOI AUSSI...
PLOF
LE MOTEUR PÈTE LE FEU...
TCHAC

D'UNE PIERRE TROIS COUPS !!!

DÉBUT DU COMPTE À REBOURS...
DIX...
TRIGGER ...
ON N'A PLUS LE TEMPS !
ON AURA BEAU ARRIVER À LA TOUR...
SI ON N'ATTEINT PAS LE DIRIGEABLE...
RdB

J'AI TOUT MISÉ SUR CETTE BÉCANE...
CRÉTIN DE DADDY ...
ATTENTION...
PLUS QUE QUELQUES INSTANTS ...
NEUF...
FAIS-MOI CONFIANCE !

ドドドド
VRRR
LES VOILÀÀÀ !!
BARREL ?!
OUAAAH !

INCROYABLE ! À LA SURPRISE GÉNÉRALE...
WOOOSH
C'EST NOTRE PETIT TRACTEUR CUSTOMISÉ QUI EST EN TÊTE !!

C'EST SOUS LES ACCLAMATIONS DE LA FOULE QU'IL S'APPRÊTE...
BERETTA, CRAMPONNE-TOI À BARREL...
OOOOH !
ON PASSE AUX CHOSES SÉRIEUSES !
VRRRRR

QUOI ?!
SEPT...
PLOF
À FRANCHIR ...
LA LIGNE D'ARRIV ...

EN...
VSH
QU...
CRIIII
AVAAAAANT!!

PLAF
VRRRR
HEEEIN ?!

MAIS QU'EST-CE QUI LEUR PREND ?!
ILS...
ILS ESCALADENT LA TOUR DE LOSDON !
HA HA HA HA HA !
CETTE CAISSE EST VRAIMENT NICKEL !!
T...
TRIG-GER ?!
J'AI RUDE-MENT BIEN FAIT...
DE ME CRASHER DANS TA BARAQUE ...

ET DE T'INVITER À PARTICIPER À CETTE COURSE AVEC MOI !
C'ÉTAIT SACRÉMENT FENDARD !

PLOF
MAINTENANT, À TOI DE JOUER, BARREL !
PAF

JE T'AI CONFIÉ MON ÂME...
PLAF
VA SAUVER LE MONDE !

SI T'ES UN HOMME ...
IENS MÉRO !

DEV
LE NU
UN

TRIGGER !!
DEUX...
UN...
ZÉRO...
MISE À FEU !
ATLAS

TRIGGER !
BAM
#39
DEUX...
UN...
VSH
NON
...

MISE...
À FEU !
WOOOOSH
ARRÊÊÊÊTE !!
DZZZT

VIOUU

VSH
FIOUUU
FLASH

BOUM
QU'EST-CE QUE C'ÉTAIT ?!
TROP FORT ! IL EST ÉNORME !
OOOH !
UN FEU D'ARTIFICE ?!
SUPER, ENCORE !
...
?!

HEIN ?
!
TRIGGER …

C'EST CALICO !
ET TRIGGER EST VIVANT !
JE T'AVAIS BIEN DIT...
QUE JE TE PROTÉGERAIS !
EH...
TU AS INVERSÉ LES RÔLES, PRINCESSE ! C'EST À MOI DE TE PORTER...
AU FAIT...
C'ÉTAIT QUOI, CETTE EXPLOSION ?
MON PÈRE...
*... *...
WOOOSH
...
COMMENT ÇA ?!

EST-CE QUE TU M'ENTENDS ...
MY DAUGHTER ADORÉE ?

PAR CHANCE, JE SUIS ARRIVÉ À TEMPS...
JE N'AURAI PAS À TE PERDRE À NOUVEAU !
QUAND VOLVER A ÉTÉ ÉLIMINÉ POUR AVOIR REFUSÉ DE CONSTRUIRE LE DISPOSITIF DE CONTRÔLE D'ATLAS...
COMME JE SUIS DEVENU RÉTICENT, L'ARMÉE DE DICE T'A PRISE EN OTAGE...
AFIN DE S'ASSURER DE MON ENTIÈRE COOPÉRATION !
ALORS J'AI TERMINÉ LA TÉLÉCOM-MANDE...
SEULEMENT, J'AI DÉPASSÉ L'ÉCHÉANCE D'UNE DEMI-JOURNÉE...

C'EST DE CETTE FAÇON QUE JE T'AI PERDUE...
UNE PREMIÈRE FOIS !
APRÈS ÇA...
J'AI DÉPENSÉ TOUT L'ARGENT QUE J'AVAIS GAGNÉ GRÂCE AU PROJET ATLAS, CONTRACTÉ DES DETTES ET UTILISÉ TOUT MON SAVOIR...
POUR TE RESSUSCITER !
J'EN VOULAIS...
TERRIBLEMENT À VOLVER...
JE ME DISAIS QUE C'ÉTAIT DE SA FAUTE...
QUE SI SEULEMENT IL N'AVAIT PAS REFUSÉ DE COOPÉRER, RIEN DE TOUT ÇA NE SERAIT ARRIVÉ !
MAIS MAINTENANT...
JE COMPRENDS...
CLING

C'EST TON PAPOUNET ...
QUI AVAIT TORT !
DIRE QUE MA FILLE ADORÉE A FAILLI MOURIR...
À NOUVEAU ...
À CAUSE DU CANON QUE J'AI CONS-TRUIT !
C'EST SANS DOUTE LE KARMA...
TOUT FINIT PAR SE PAYER UN JOUR !
JE RÉCOLTE CE QUE J'AI SEMÉ...

MAIS C'EST AUSSI BIEN COMME ÇA...
JE T'AIME, CALICO !
VSH

WOOOSH...
MERCI ...
PAPA !
TU VEUX DIRE QU'IL S'EST ...
ET...
ADIEU !

VRR
VRR
VRR
WOOOSH
POUR-QUOI...
ÇA N'A PAS MARCHÉ ?!
ON A TOUCHÉ UN VAIS-SEAU...
DU COUP, LE PROJEC-TILE A EX-PLOSÉ ...
AVANT DE TOUCHER LE SOL !
...
CRR
RAAH... LOUPÉ !

RÉARMEZ ATLAS !
UTILISEZ LES MÊMES COORDON-NÉES !
À VOS ORDRES !
RECHARGE RAPIDE DU SATELLITE ...
TERMINÉE !
ONEDERFUL ...
CETTE FOIS, C'EST LA BONNE ...
DONNONS NAISSANCE À UN MONDE NOUVEAU !
BIEN DIT !
ATLAS

ARRÊTE !
BOUGRE DE CRÉTIN DE DADDY !!

B... BERETTA ?!
POURQUOI SA VOIX SORT DU HAUT-PARLEUR ?!
OÙ SE TROUVE-T-ELLE ?!
RdB
JE SUIS ...
PAS LOIN DE LA LIGNE D'ARRIVÉE...
DE LA RDB...
PLUS PRÉCISÉMENT SUR LA TOUR DE LOSDON !

VLAM
TU ES ...
À LOSDON ?!
JE SUIS AU COURANT DE TOUT !
JE SAIS CE QUE TU MIJOTES...
ET JE SUIS VENUE T'ARRÊTER !

POURQUOI EST-CE QUE TU AS FAIT ÇA ?
JE CROYAIS…
QUE TU ME DÉTESTAIS…
TU ME SOÛLES, C'EST VRAI…
TU N'ES QU'UN VIEUX SCHNOCK RELOU ET RINGARD…
QUI PUE DE LA GUEULE !
DEPUIS QUE JE SUIS TOUTE PETITE…
TU PASSES TON TEMPS…
À ME MONTRER DES VIDÉOS DE ONEDERFUL…
ET À TE VANTER DE TON PASSÉ !
TU PARLES SANS ARRÊT DE TOI…
SANS JAMAIS ÉCOUTER CE QUE MOI, J'AI À DIRE !

ALORS...
J'AI COMMENCÉ PAR REGARDER LES PROGRAMMES TÉLÉ DÉBILES QUE TU M'INTERDISAIS DE VOIR...
PUIS, PARCE QUE TU N'AIMES PAS LES GROS MOTS, JE ME SUIS MISE À EN DIRE ! J'AI TOUT FAIT POUR TE FAIRE RÉAGIR !!
SAUF QUE...
TU N'AS PAS CHANGÉ POUR AUTANT !
JE TE DÉTESTE, CRÉTIN DE DADDY !
ET JE HAIS ENCORE PLUS NUMBER ONEDERFUL !

QU'EST-CE QUE TU RACONTES ?!
CETTE SÉRIE EST MA PLUS GRANDE FIERTÉ !!
EH BEN FRANCHEMENT...
ÇA NE DEVRAIT PAS !

C'EST VRAI...
NUMBER ONEDERFUL ...
EN A AIDÉ PLUS D'UN À SE FIXER UN OBJECTIF ET À VIVRE SA VIE À FOND...
D'AILLEURS, C'EST GRÂCE À DES GENS QU'IL A INSPIRÉS QUE J'AI PU ARRIVER JUSQU'ICI !
TON PROBLÈME À TOI, C'EST QUE TU AS LE REGARD TOURNÉ EN PERMANENCE VERS LE PASSÉ...
TU ES INCAPABLE D'ALLER DE L'AVANT !
PERSO, JE TROUVE ÇA NAZE DE CHEZ NAZE !
...
NON...
TU N'AS PAS COMPRIS, BERETTA ...

SI JE VOULAIS À TOUT PRIX...
REDEVENIR LE SUPER-HÉROS QUE J'ÉTAIS, LE NUMÉRO UN...
CE N'ÉTAIT PAS À CAUSE DES REDIF-FUSIONS...
OU PARCE QUE JE REGRETTAIS MA GLOIRE PASSÉE...
MAIS JUSTE PARCE QUE JE VOULAIS T'OFFRIR...
LE PAPA LE PLUS CLASSE DU MONDE !
SI J'AI DÉPENSÉ TOUTE MA FORTUNE ...
ET QUE JE ME SUIS SALI LES MAINS...
C'ÉTAIT DANS LE SEUL BUT...

D'ATTIRER ...
TON ATTENTION !

PLIC
... ANDOUILLE ...
TU N'AVAIS PAS BESOIN DE FAIRE ÇA...
SI TU M'AVAIS JUSTE PRO-POSÉ D'ALLER PIQUE-NIQUER ...
JE ME SERAIS RETOURNÉE TOUT DE SUITE !!

PLAF
HA...
HA HA...
J'AI ÉTÉ...
QUEL PAUVRE FOU...
AU FINAL, J'AI FAIT TOUT ÇA...
POUR RIEN !
ÇA N'AVAIT AUCUN SENS !

TU TE TROMPES ...
NUMBER ONEDERFUL !
BARREL
...
QUI ES-TU ?

C'EST PARCE QU'INGRAM L'A AFFRONTÉ...
QUE TRIGGER A PU SE LIBÉRER DE SON PASSÉ !
C'EST PARCE QUE BERETTA EST TOMBÉE SUR NOTRE VOITURE...
QU'ELLE A PU ARRIVER JUSQU'ICI !
C'EST PARCE QUE NOS ANCIENS ENNEMIS NOUS ONT DONNÉ UN COUP DE MAIN...
QU'ON A PU TRAVERSER LA MER DE LOKDENA !
ON N'A RIEN FAIT EN VAIN...
GOAL
ABSOLUMENT TOUT AVAIT UN SENS !

C'EST PARCE QUE CYLINDER A COMMIS DES GAFFES...
QU'ELLE A PU NOUS SORTIR DE GROSSES GALÈRES À DE NOMBREUSES REPRISES !
C'EST PARCE QU'ON A ÉCLAIRCI UN MALENTENDU AVEC PEACE-MAKER...
QUE J'AI REPRIS LA COURSE !
C'EST PARCE QU'IL A TAPÉ DANS L'ŒIL DE CALICO...
QU'ELLE LUI A SAUVÉ LA VIE PLUSIEURS FOIS !
C'EST PARCE QU'ON A PRIS LOADER AVEC NOUS...
QU'ON A PU CONTINUER TOUJOURS TOUT DROIT SANS JAMAIS SE PERDRE !

C'EST PARCE QUE TRIGGER A DÉBARQUÉ CHEZ MOI...
QUE JE SUIS ENTRÉ DANS LA COURSE !
ET SURTOUT, C'EST PARCE QUE MON PÈRE M'A LAISSÉ CE TRACTEUR...
QUE J'AI PU AVOIR UN RÊVE !
J'AI CONNU DES MOMENTS DIFFICILES ...
PARFOIS, J'AI MÊME ÉTÉ AU BORD DU GOUFFRE ...

MAIS C'EST JUSTEMENT PARCE QUE...
NUMBER ONEDERFUL ÉTAIT TOUJOURS À MES CÔTÉS QUE J'AI PU LES SURMONTER !!
CE N'EST NI BERETTA NI MOI...
QUI SOMMES VENUS T'ARRÊTER, LÀ, MAINTENANT...

C'EST NUMBER ONEDERFUL LUI-MÊME !

P...
PFF ...
MOI...
JE SERAIS VENU M'ARRÊTER ?
IMPOSSIBLE ...
JE SUIS DÉJÀ À BOUT DE COURSE !
QU'EST-CE QUE TU RACONTES ?!
QUAND QUELQUE CHOSE EST TERMINÉ, IL SUFFIT DE REPARTIR DE ZÉRO !
MGR

LES RÊVES D'UN HOMME...
N'ONT JAMAIS DE FIN !!

ÇA ALORS !
À ENTENDRE ONEDERFUL, ON DIRAIT QU'IL EST DÉPRIMÉ ! ET IL Y A UN GAMIN EN TRAIN DE LE SERMONNER...
IL RACONTE QUE LES RÊVES D'UN HOMME N'ONT JAMAIS DE FIN, OU JE NE SAIS QUOI !
"NUMBER ONEDERFUL" ?
JE NE MANQUAIS JAMAIS UN ÉPISODE, QUAND J'ÉTAIS PETIT...
LES RÉPLIQUES ÉTAIENT TELLEMENT NAÏVES...
QUE J'AVAIS HONTE DE REGARDER UN TRUC PAREIL, JE N'OSAIS PAS LE DIRE À MES POTES !
OUAIS, MOI AUSSI !
MÊME SI JE NE SUIS PAS ENCORE DEVENU NUMÉRO UN...
ET QUE JE RENCONTRE DES DIFFICULTÉS, JE CONTINUE À M'ACCROCHER À MA PASSION !
À MON BOULOT, C'EST DIFFICILE...
DE S'IMPOSER QUAND ON N'EST PAS UN HOMME...
MAIS ÇA NE M'EMPÊCHE PAS DE VISER LA PREMIÈRE PLACE, ET C'EST GRÂCE À LUI !
FAUT AVOUER QUE SON COSTUME ÉTAIT TOUT DE MÊME VRAIMENT KITSCH...
QUAND J'ÉTAIS GOSSE, J'AI AUDITIONNÉ POUR LA SÉRIE !
HEIN ?!
C'EST ONEDERFUL, L'ORGANISATEUR DE LA RDB ?!
EH OUI !
IL M'A SERRÉ LA MAIN LORS D'UN SPECTACLE !
ET MOI, JE ME RAPPELLE QUE...

WAOUH, EH BEN...
ON DIRAIT BIEN QU'EN FAIT, TOUT LE MONDE REGARDAIT CETTE SÉRIE !
...
HÉ HÉ HÉ ...
NUMBER ONEDERFUL, BROIE PAS DU NOIR, RESSAISIS-TOI !
ON NE RATE JAMAIS UNE REDIFFUSION, AVEC MON FILS !
MERCI DE M'AVOIR DONNÉ DU COURAGE !
BONNE CHANCE À TOI !
ONEDER-FUL !!
ONE-DERFUL !!
ONE-DERFUL !!

ONEDERFUL !!
ONE-DERFUL !
RdB
R d B
GOAL
HOURRA !
ONEDER-FUL !
RdB
ONEDERFUL !

ONEDERFUL !
ONEDER-FUL !
ONEDERFUL !!

ALLEZ, ONEDERFUL ...
LANCE LA MISE À FEU DU DEUXIÈME TIR D'ATLAS !
MON PETIT LUGER ...
FINALEMENT, JE...
ALORS COMME ÇA...
TU VOULAIS SEULEMENT ATTIRER L'ATTENTION DE TA FILLE ?
CRRR
EST-CE QUE TU TE RENDS COMPTE DU MAL QUE JE ME SUIS DONNÉ POUR METTRE CE PLAN EN PLACE ?
...
LUGER ?

DÉPÊCHE-TOI D'APPUYER SUR LE BOUTON...
VIEUX CROÛTON INUTILE !
TU DEVAIS REDEVENIR UN HÉROS EN ANÉANTISSANT L'EMPIRE DE DICE...
ET MOI, JE DEVAIS HÉRITER DU TITRE DE PLUS GRAND HÉROS DU MONDE UNE FOIS QUE TU SERAIS MORT !
CRRRR
JE N'AI AUCUNE ENVIE...
D'ÊTRE ONEDERFUL BOY...
JE VEUX DEVENIR NUMBER ONEDERFUL !!

VSH
NE T'AVISE PAS DE RÉDUIRE MES PLANS À NÉANT !
PLOF
MES INTUITIONS SONT TOU-JOURS JUSTES !
TU VAS APPUYER SUR CE FICHU BOU-TON, OUI ?!
ONEDERFUL KICK!!

PAF
TAC

PLAF
OÙ EST LE PANNEAU DE CONTRÔLE D'ATLAS ?
ブチ
CRR
CRAC
BAM
PLOF
ブチ
ブチ
CRRR

NUMBER ONEDERFUL N'EXISTE PLUS...
PSHHH
CRR
TOUT CE QU'IL RESTE DE LUI, C'EST UN VIEUX SCHNOCK RELOU ET RINGARD, DÉPASSÉ PAR LA CRISE D'ADOLESCENCE DE SON ENFANT...
UN IDIOT DE DADDY ...
MAIS QUI AIME SA FILLE CHÉRIE PLUS QUE TOUT AU MONDE !

JE LEUR AVOUERAI TOUT...
ET JE RECEVRAI LA PUNITION QUE JE MÉRITE !
VA CHERCHER LA POLICE DE LOS-DON...
HEIN ?! OK...
EST-CE QUE TU M'EN-TENDS...
BERETTA ?
OUI !
J'IGNORE COMBIEN DE TEMPS JE SERAI AB-SENT...
MAIS UNE CHOSE EST SÛRE, QUAND JE RENTRERAI À LA MAISON ...
JE SUIS DÉSOLÉ POUR TOUT ...

ON IRA...
PIQUE-NIQUER TOUS ENSEMBLE !
D'ACCORD !

OUAIS, OUAIS, OUAIS...
JE PENSAIS QU'ON AVAIT PRIS TROP DE RE-TARD...
VRROOOOOO
ON Y EST PRESQUE !!
CLONG
CLONG
MAIS PERSONNE N'A ENCORE FRANCHI LA LIGNE D'ARRIVÉE ! ON EST EN TÊTE !!
LES GUIGNOLS EN COLLANT ?!
!!

LE TRACTEUR A RENDU L'ÂME À UN DOIGT DE LA LIGNE D'ARRIVÉE !!
AAAH, C'EST VRAI !
AH !
JUPITER !
MARS !
VENUS !
LA COURSE N'EST PAS ENCORE FINIE !
UN OUTSIDER TOTAL, LE TRIO GALACTIQUE, VIENT D'EFFECTUER UNE REMONTÉE SPECTACULAIRE ET INATTENDUE !
OH NON …
TOUT MAIS PAS ÇA !

LA LIGNE D'ARRIVÉE !!
BOUM
RdB
HOURRA !
IL A SUIVI À LA LETTRE L'UNIQUE RÈGLE DE LA RDB, "CHAUSSEZ VOS PNEUS" !!
BRAVO ! BIEN JOUÉ, LE CHAT ! C'EST TOI LE BOSS ! TU ES LE MEILLEUR !

ET LE MATOU FRANCHIT

TRIG-GER !
YOUHOU !
LES FILLES !
OOOOOOOOH !
!
TSS...
QUEL EMPOTÉ, CELUI-LÀ, ALORS !
HÉ HÉ HÉ...
IL N'A PAS CHANGÉ D'UN POIL !
T... T...
TRIGGEEER !
HÉ HÉ...
ESPÈCE D'ANDOUILLE ...

CE N'EST PAS LE MOMENT DE PLEURER, BARREL LE FERRAIL-LEUR !!
TU PEUX PARLER, TRIGGER LE PLEURNI-CHEUR !!

YUKO OSADA
#39
GOAL

RUN
da

TINE.
RdJ
VSH
OUPS !
PLAF
PLAF
FOU-AAAH ...
SCRITCH
SCRITCH
JE ME SUIS EN-DORMI...
J'AI ENCORE ...
RÊVÉ DE CETTE ÉPOQUE !

ÇA FAIT QUATRE ANS, MAINTENANT...
JE ME DEMANDE COMMENT VONT LES AUTRES...
TRIGGER EST EN COMPÉTITION AVEC PEACEMAKER ET INGRAM POUR LE GRAND PRIX DE BULLET 1...
ET CALICO COURT TOU-JOURS APRÈS TRIGGER !
CYLINDER A REPRIS SES FONCTIONS AU SEIN DE LA PO-LICE ET A ÉTÉ PROMUE À LA CAPITALE...
QUANT À ONEDERFUL ET BERETTA, ILS S'ENTENDENT À MERVEILLE, À CE QU'IL PARAÎT !
LOADER M'A RACONTÉ QU'ELLE AVAIT RECONSTRUIT SON ÉGLISE...
ET...
DE MON CÔTÉ...

CRAC
BOUM
AÏIIE !
BON SANG, MES FREINS ONT LÂCHÉ !
CLONG
CLANG

SALUT, BARREL ...
ÇA FAISAIT UN BAIL !
TRIGGER ?!
IM...
IMPOS-SIBLE ...

ALLEZ, ON Y VA !
HEIN ?
OÙ ÇA ?
MAIS...
TU PLAISANTES ?!
TU NE LIS PAS LE JOURNAL, TU NE REGARDES PAS LES INFOS ?!
PLAF
IL VA Y AVOIR UNE DEUXIÈME ÉDITION DE LA RDB...
ET J'EN SUIS L'ORGANISATEUR !
JE L'AI FINANCÉE EN VENDANT LE JOYAU QU'ON A GAGNÉ !
ON EST DÉJÀ INSCRITS...

DIS DONC...
TU NE COMPTAIS TOUT DE MÊME PAS TE REPOSER SUR TES LAURIERS PARCE QUE TU AS DÉCROCHÉ LA PREMIÈRE PLACE UNE FOIS ?!
...
TU ME PRENDS POUR QUI ?!

LES RÊVES D'UN HOMME...
じゅばっ!
FLAP
N'ONT JAMAIS DE FIN !
RUNdayBURST
ENDLESS...

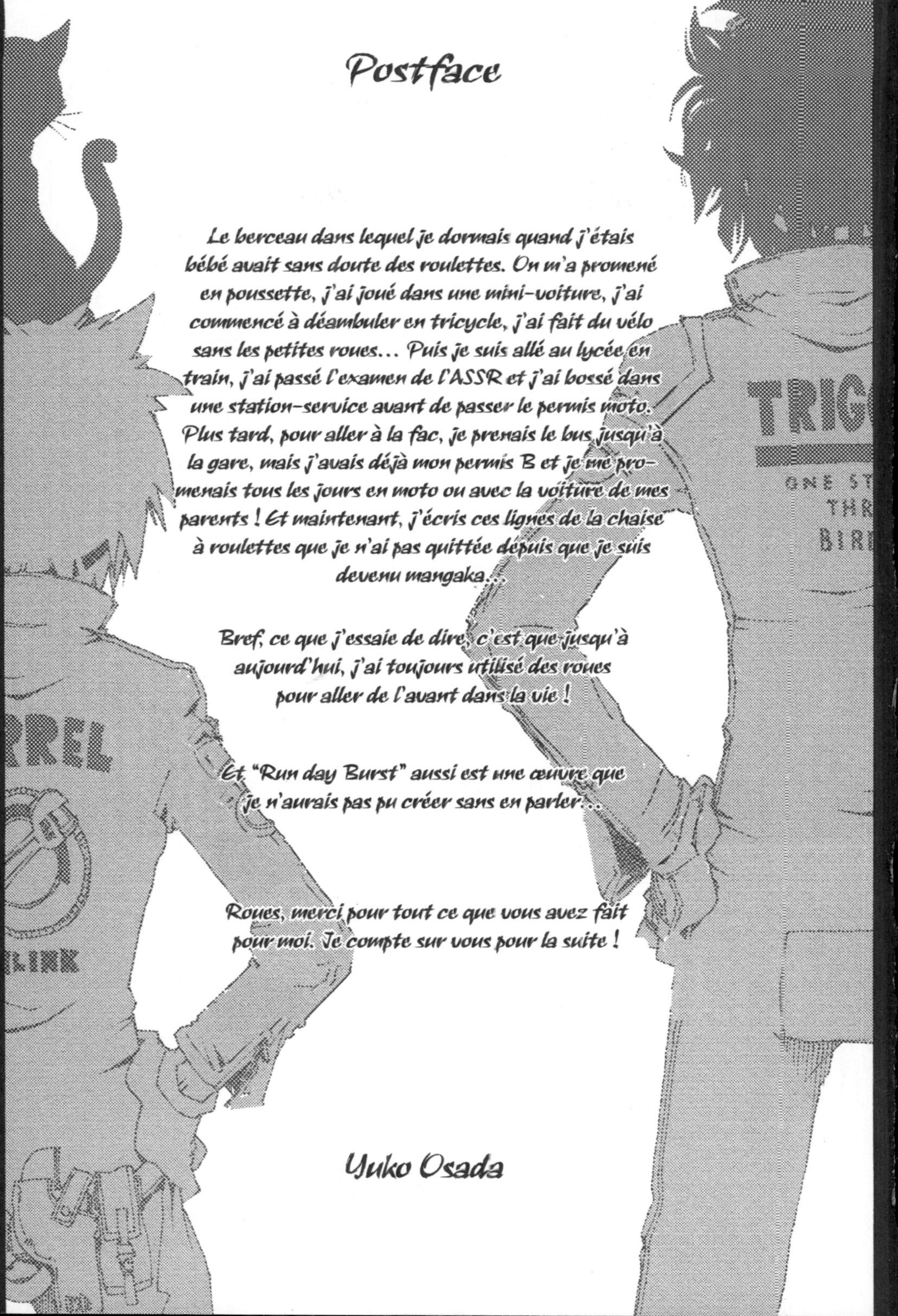

Postface

Le berceau dans lequel je dormais quand j'étais bébé avait sans doute des roulettes. On m'a promené en poussette, j'ai joué dans une mini-voiture, j'ai commencé à déambuler en tricycle, j'ai fait du vélo sans les petites roues… Puis je suis allé au lycée en train, j'ai passé l'examen de l'ASSR et j'ai bossé dans une station-service avant de passer le permis moto. Plus tard, pour aller à la fac, je prenais le bus jusqu'à la gare, mais j'avais déjà mon permis B et je me promenais tous les jours en moto ou avec la voiture de mes parents ! Et maintenant, j'écris ces lignes de la chaise à roulettes que je n'ai pas quittée depuis que je suis devenu mangaka…

Bref, ce que j'essaie de dire, c'est que jusqu'à aujourd'hui, j'ai toujours utilisé des roues pour aller de l'avant dans la vie !

Et "Run day Burst" aussi est une œuvre que je n'aurais pas pu créer sans en parler…

Roues, merci pour tout ce que vous avez fait pour moi. Je compte sur vous pour la suite !

Yuko Osada

RUN day BURST vol. 3

First published in Japan in 2011 and 2012 by SQUARE ENIX CO., LTD.
French translation rights arranged with SQUARE ENIX CO., LTD.
and AC Media Limited through Tuttle-Mori Agency, Inc.

Édition française

Traduction :
Yohan Leclerc

Adaptation graphique :
Clair Obscur

ISBN : 979-10-327-1244-3
Dépôt légal : septembre 2022
Achevé d'imprimer en République tchèque par Finidr